공씨아저씨네,

차별 없는 과일가게

공석진 지음

공씨아저씨네,

차별 없는
과일가게

작고 단단한 마음

수오서재

차례

2장　나의 동지

식사는 거를지언정 과일 없이는 하루도 살지 못했던 할머니 덕분에 어린 시절 집에 과일이 끊이지 않았다. 감귤은 늘 박스째로 있어 겨울이면 손바닥과 발바닥이 노랗게 변해 황달로 의심받곤 했다. 과일가게 '공씨아저씨네'의 첫 시작도 감귤이었으니, 운명 같은 뜬구름 이야기는 취향이 아니지만 기가 막힌 우연이다. 없는 살림에 할머니 드실 과일 사다 바치느라 어머니는 아버지의 구멍 난 러닝셔츠를 입어야 했지만 덕분에 과일을 맛보는 내 혓바닥은 누구보다 잘 트레이닝되었으니, 참으로 웃기고도 슬픈 운명이 아닐 수 없다. 과일장수를 시작할 때 나름의 자신감을 가질 수 있었던 데는 이런 배경이 있었다. 그러니 공씨아저씨네 지분의 8할은 우리 어머니에게 있다.

나의 꿈은 영화감독이었다. 초당 스물네 컷의 필름이 빠르게 움직이며 만들어내는 영화를 탐닉하며 고등학교 3년 내내 극장에서 야간 자율 학습을 했다. 나의

작고 단단한 마음,

인생 공부는 종로와 을지로 일대의 단성사와 피카디리, 명보극장과 코아아트홀에서 이루어졌다고 해도 과언이 아니다. 영화학과에 입학하기 위해 삼수까지 감행했지만 거기까지. 다소 늦은 나이에 입대했고, 신문방송학과 재학 중이라는 이력 한 줄로 본부중대 정훈병으로 파견됐다. 논리로는 도저히 설명이 불가능한 군대라는 낯선 시공간에서 사진을 찍게 되면서 한 컷의 필름이 만드는 정지된 이미지의 매력에 빠졌다. 복학하자마자 곧바로 사진학과 복수전공을 신청했고, 졸업 후 사진업계에 발을 들이며 사회생활을 시작했다. 현재 공씨아저씨네 사이트의 다큐멘터리 영화 같은 사진과 신문 기사를 닮은 상품 페이지는 이런 흔적들에서 빚어진 것이다.

좋아하는 일이었지만 직장 생활은 전혀 다른 차원의 이야기였다. MBTI로 치면 극 I인 나에게 7년간의 직장 생활은 힘에 부쳤다. 아무리 노력해도 인간관계는 어렵기만 했고 업무 능력보다 정치력으로 생존하는 조직 문화에 지쳐갔다. 마지막에 다니던 회사의 경영난으로 자의 반 타의 반 회사를 나오게 되었다. 불철주야 워커홀릭으로 주말도 없이 일만 했던 내게 남은 건 지친 몸과 황폐한 마음뿐이었다. 다시 취업하고 싶은 마음도 없었고, 재취업하기에 경력도 애매했다. 그렇다고 모아놓은 돈이 있는 것도 아니었다.

　나이는 어느덧 30대 중반을 훌쩍 넘어가고 있었고, 무럭무럭 자라나는 두 아이가 있었다. 인생에 닥친 큰 위기이기도 했지만 삶의 가치관이 크게 변한 귀중한 시기였다. 나는 돈을 많이 버는 것보다 아이들과 많은 시간을 보내면서 최소한 하늘 볼 여유는 누리며, 내가 주도하는 삶을 살기로 결심했다.

　제주도로 내려가서 살아볼까 하는 마음이 피어오를 때 귀촌했던 선배가 한번 팔아보겠냐며 감귤 몇 박스를 보내줬다. 짜고 치는 고스톱처럼 연이어 유통회사 재직 시절에 인연을 맺은 동료들에게 연락이 왔다. 나와 비슷한 시기에 퇴사하고 자전거 온라인 쇼핑몰을 운영하고 있었는데 식품 판매업을 병행하려고 만들어 놓은 쇼핑몰이 하나 있으니 거기서 감귤이라도 팔면서 밥벌이하라고 무상으로 사이트를 건넸다. 이어서 북경 출장에서 만나 호형호제하며 지내던 협력사 사장님이 본인 사무실에 책상 하나 남는다며 내게 일할 공간을 내어주었다. 그렇게 거짓말처럼 과일가게를 시작했다. 공교롭게도 과거의 모든 경험과 인연이 과일장수가 되기 위한 완벽한 빌드업의 과정이었다. 이쯤 되면 운명이라고 받아들여야 할지 모르겠다.

요즘 스타트업처럼 체계적이고 구체적인 사업 계획을 갖고 시작한 것도 아니고, 훌륭한 철학이나 의식을 가지고 시작한 것은 더더욱 아니었다. 공씨아저씨네는 서서히 만들어졌다. 어느 교육학자의 책에서 아이가 크는 만큼 부모도 성장한다는 글을 본 적이 있다. 회사도 똑같다. 과일 유통업계에 몸담으며 세상을 보는 시야가 넓어진 만큼, 딱 그만큼씩 공씨아저씨네도 현재의 모습으로 서서히 다듬어졌다.

어쩌면 1인 기업의 노하우를 듣고 싶은 사람에게는 기대했던 이야기가 아닐지 모른다. 하지만 일과 삶을 동일한 결로 만들고 싶거나, 그런 도전에 맞닥뜨린 사람이라면 조금은 흥미롭거나 작게는 도움이 될지도 모르겠다. 이런 삶도 있다는 것, 누군가에게는 내가 다양한 삶의 레퍼토리 중 하나 정도는 될 수 있지 않을까.

이 책은 과일을 통해서 바라본 세상 이야기다. 자랑스럽고 귀한 농민들에 관한 이야기이자, 차별이 일상인 부조리한 한국 사회를 향한 비판이며, 매일같이 온몸으로 실감하는 기후 위기에 관한 르포다. 14년간 과일장수로 살아오며 느꼈던 바를 진솔하게 적어보았다. 누군

작고 단단한 마음,

가에게 힘이 되길, 누군가에겐 새로운 시각을 열어주길,
누군가에게는 위로가 되길 겁도 없이 감히 바라본다.

　　혹시라도 오해하는 분들이 있을까 싶어 노파심
에 이야기하면 창밖으로 푸른 하늘과 바다가 보이는 제
주도 해안가 마을에 살며 과일가게를 하는 드라마 같은
일은 일어나지 않았고, 난 여전히 서울에 살고 있다.

과일장수 공석진

1장

장사에 낭만을 꿈꾼다

과일로 바라본 세상

과일에도 존재하는
외모 지상주의

아무것도 모른 채 까막눈으로 과일 유통 바닥에 들어왔다. 30대 때 카메라 유통 회사에서 쌓은 MD 경험이 있었지만 농산물 시장 구조는 전혀 달랐다. 외지인이나 다름없던 내 눈에는 어딘가 좀 이상해 보이는 구석이 있었다. 상식이라고 여기며 살아왔던 기준에서 벗어난 부분도 많았다. 저널리즘을 전공하며 생긴 무엇이든 의문을 갖고 파고드는 버릇 덕에 과일 유통 구조를

작고 단단한 마음,

자세히 들여다보았다. 그 안에는 우리 사회가 안고 있는 구조적 모순이 고스란히 담겨 있었다. 특히 차별의 문제. 이 바닥 초짜였지만 기존의 방식을 따라가고 싶지 않았다. 현실 세상을 바꾸는 것은 정치인들의 몫으로 남겨두더라도 과일로 바라본 세상 안에서는 내가 할 수 있는 역할이 있을 것 같았다.

가장 먼저 눈에 들어온 것은 농산물 시장에도 만연해 있는 '외모 지상주의'였다. 일반적으로 시장에서는 농산물을 크기와 모양에 따라 상품성을 평가하고, 그 기준으로 값을 매긴다. 그래서 'B급', '못난이', '흠과', '파치' 같은 말들이 존재한다. 단순하게 이야기하면 크기가 크고 모양이 반듯하며 색과 표면이 고운 것들은 비싸고, 반대로 크기가 작거나 외형이 거친 과일은 싸다. 이것이 일반적인 농산물 시장의 등급 기준이고 소비자가 가지고 있는 고정 관념이기도 하다. 그런데 정말 이 기준을 상식이라고 말할 수 있을까?

인지언어학자 조지 레이코프는 《코끼리는 생각하지 마》에서 '상식'은 우리의 무의식적 프레임에서 나오며 우리는 '언어'를 통해 프레임을 인식한다고 했다. 소위 B급 또는 못난이라고 부르는 농산물은 크기가 작거나, 모양이 가지런하지 않거나, 표면에 흠집이 있는 것들이다. 가령, 자두 맛이 아무리 좋아도 탁구공처럼 작거나, 애호박이 일자로 곧게 뻗지 않고 살짝만 휘어도 B급이 되고, 과일 껍질에 작은 점 하나만 있어도 못난이의 칭호를 얻는다.

납득이 가지 않았다. 이 농산물들을 A급의 농산물과 차별하지 않고 같은 가격으로 팔면서 B급 꼬리표를 떼주어야 한다는 사명감 같은 게 생겼다.

다소 고리타분한 이야기로 들리겠지만 과일은 공장에서 찍어내는 공산품이 아니다. 땅과 자연환경, 그리고 농민의 땀이 어우러진 합작품이다. 특히 날씨의 영향을 크게 받는다. 판에 박힌 일정한 모양과 크기를 만들어내는 것은 불가능하고 자연스럽지 못하다. B급의 존재는 당연하고 자연스럽다. 그러나 시장에서는 크고 반듯한 외형의 농산물에만 좋은 가격을 주고 그렇지 않은 것에는 불합리한 가격을 매긴다.

과일은 맛있으면 그만 아닌가? 꼭 크기가 커야 하고 모양이 곱고 반듯해야 하는 이유는 무엇일까? 크고 예쁜 과일을 만들기 위해 인위적이고 불편한 일들이 벌어지고 있다는 것을 소비자는 알고 있을까? 애호박을

작고 단단한 마음,

반듯한 일자로 키우기 위해 플라스틱 필름에 끼워 성형을 하고, 과일의 크기를 키우기 위해 화학 비료와 호르몬제가 투입되고, 색을 잘 내기 위해 착색제가 쓰이기도 한다. 심지어 과일의 당도를 높이는 약도 있다.

가을철 사과 밭에 가면 온 천지가 반짝인다. 반짝이는 것의 정체는 사과나무 밑에 깔려 있는 반사 필름이다. 바닥에 반사 필름을 까는 것은 당도를 높이는 부수적인 효과도 있지만, 주된 이유는 사과의 아랫부분까지 햇빛을 닿게 해 색이 전체적으로 빨갛게 잘 나게 하기 위함이다. 자연의 순리대로 자란 사과의 아랫부분은 빨갛지 않다. 햇빛을 직접적으로 받지 못하니 광합성 작용이 부족해 색이 빨개지지 않는 아주 자연스러운 현상이다. 그러나 우리가 시중에서 보는 대부분의 사과는 위아래 모두 빨갛다.

색을 빨갛게 내는 이유는 단순하다. 빨개야 시장에서 좋은 가격을 받기 때문이다. 반사 필름은 사과에 화학적인 처리를 가하는 것은 아니다. 종종 강한 햇빛에 사과가 화상을 입는 경우를 제외하면 사과에 해를 끼치진 않는다. 다만 필름 가격이 상당하거니와 소모성 자재로 이삼 년에 한 번씩 교체해야 한다. 결국 많은 농업 폐기물을 발생시킨다. 또한 필름을 깔고 걷는 일에 누군가의 노동력이 투입된다. 대부분 이주 노동자의 몫이고, 이로 인해 생산비가 올라간다. '환경을 보존하고 후대에 이어준다'는 농업의 다원적 기능을 생각하면 꼭 필요한 일인지 의문이 든다. 반사 필름을 깔고 싶어 하는 농민은 없다. 단지 좋은 가격을 받기 위해 매해 반복하는 일이다.

아무것도 하지 않으면 아무 일도 일어나지 않는다. 그래서 결심했다. 나라도 과일의 등급을 크기와 모양, 색으로 정하지 않겠다고 말이다. 껍질의 작은 흠집이나 얼룩에도 신경 쓰지 않기로 했다. 대다수의 소비자가 사과 껍질을 벗겨 먹는다는 통계 자료를 보았다. 그렇다면 조금의 흠집이나 얼룩이 있는 것이 무슨 큰일일까? 겉모습만 보면 속까지 썩어 있을 거라 여길 수 있지만 B급이라 불리는 사과의 껍질을 깎아 보면 과육은 너무나 깨끗하다. 점점 더 확신이 들었다.

2014년 공씨아저씨네의 첫 사과 협력 농가였던 단양사과협동조합 윤도경 농민의 '후지(부사)' 사과로 작

작고 단단한 마음,

은 프로젝트를 시작했다. 프로젝트명은 〈B급이라고 말하지 마〉. 1980년대 대중가요 제목에서 따왔다. 농산물 시장의 외모 지상주의 문제에 본격적으로 목소리를 냈다. 크기도 작고 외형은 거칠고 색도 빨갛지 않지만, 결단코 맛은 뒤지지 않은, 소위 B급 또는 못난이 과일로 분류되는 사과를 제값 받고 판매하는 일을 시작했다.

물론 그동안 B급 사과를 많은 유통업체에서 판매해왔다. 어떻게? 싼 가격에! 그러나 우리가 하고자 하는 일의 미션은 '싼 가격'이 아닌, '정상 가격'이었다. 처음부터 너무 강경한 방식을 밀어붙였다가 판매가 부진하면 오히려 농가에 손해를 끼칠 수 있으니 소비자 저항을 예상해 판매가를 A급 사과의 80퍼센트 가격으로 정했다. 그 정도 가격은 받아야 한다고 생각했다. 너무 싸게 판매하면 B급 농산물을 바라보는 소비자 인식이 절대 바뀌지 않을 것이기에 프로젝트의 취지가 무색해진다고 판단했다. 싼 맛에 구입하는 상품이라는 인식에서 탈피하는 게 목적이었다.

막상 판매를 시작하니 걱정이 밀려왔다. 소비자가 과연 오랜 관습과 소비 습관을 깰 수 있을까? 프로젝트의 취지를 이해하고 기꺼이 B급을 구매해줄까? 걱정으로 잠이 오지 않는 나날을 보냈다. 소비자들도 처음에는 조금 당황한 듯했다. 그래도 한번 먹어보자며 용기를 내는 사람들이 있었다. 마트에 진열된 반질반질 색이 잘 나고 크기와 모양도 일정한 과일에 익숙했던 소비자도, 막상 사과를 받아본 후에는 "아, 이런 것도 B급으로 분류되어 판매되고 있구나", "그동안 과일은 보기 좋은 것 위주로 샀는데, 이런 구조가 있는 줄 미처 몰랐다"고 말하기도 했다. 일단 먹어 보면 크기나 외형이 맛과는 그다지 관계가 없다는 것을 경험으로 알게 된다. 회원들은 "이런 사과가 왜 B급으로 분류되냐?"고 의아해하기도, "B급이라지만 맛은 A급"이라며 응원의 후기를 남기기도 했다.

시간이 지날수록 A급보다 B급 사과 주문량이 늘어났다. 판매 한 달 만에 B급으로 분류되던 후지 사과 400킬로그램이 모두 소진되었다. 지금 기준으로는 굉장히 적은 양이지만 당시 매출 규모에서는 상당한 양이었다. 프로젝트를 진행한 이후에 스브스뉴스에서 관련 내용을 다뤘다. 그런데 포스팅과 기사에 '결국은 B급 과일을 비싸게 팔려는 수작 아니냐?'는 댓글로 도배가 되었다. 충분히 이해할 수 있는 반응이었다. 지금껏 B급은

작고 단단한 마음,

값싸게 팔리거나 버려지는 것이 상식이었으니 말이다. 하지만 그 상식의 실상은 근거 없는 편견과 관습에서 비롯된 부조리다.

이듬해인 2015년에는 단양사과협동조합 한연수 농민의 무농약 '양광' 사과로 2차 프로젝트를 진행했다. 2014년 첫 프로젝트에서 한 걸음 더 나아가 궁극의 목적에 다가선 시도였다. A급과 B급의 구분 없이, 크기에 따른 가격 차이도 없는 판매였다. 배송이나 보관 중 부패의 우려가 있어 가공용으로 빠져야 할 상태의 일부를 제외한 모든 사과를 생과로 판매하며, 80퍼센트 가격의 벽을 허물어 가격을 100퍼센트 동일하게 잡았다. 외모와 크기가 더 이상 과일 선택의 기준이 되지 않기를 희망했다.

한연수 농민의 양광 사과에는 많은 사연이 담겨 있다. 사과는 친환경 재배가 불가능하다고 할 정도로 친환경 인증 사과는 귀하다. 그럼에도 불구하고 친환경 사과 농사를 시작한 지 8년 차, 7년간의 실패 끝에 드디어 첫 수확물로 얻은 사과였기에 특별한 의미가 있었다.

2차 프로젝트의 결과는 대성공이었다. 전량 완판! 무농약으로 재배해서 기본적으로 외형도 거칠고, 색도 완벽하게 빨갛지 않았던 사과로 낸 성과라 더욱 뜻깊었다. 완판의 이유는 단순했다. 식감과 맛이 예술이었기 때문이다. '멋'이 '맛'을 이길 수는 없다는 공씨아저씨네의 확고한 신념을 확인한 소중한 경험이었다. 보기 좋은 떡이 먹기도 좋다는 말은 틀렸다.

시장에서 '못난이 농산물'의 부정적 워딩을 긍정적 뉘앙스의 단어로 바꾸는 마케팅을 하기도 한다. 이를테면 이마트에서는 우박 맞은 흠집 사과를 '보조개 사과'라는 이름을 달고 판매해 성과를 냈다. 나 역시 과거에 비슷한 방식으로 과일을 판매한 적이 있다. 전북 장수 전대호 농민의 '시나노골드'가 늦은 장마로 병해 피해를 입은 해가 있었다. 노란 시나노골드 사과에 치유의 흔적으로 남은 빨간 얼룩이 쿠사마 야요이의 물방울 무늬 호박 작품을 연상케 했다. 나는 사과에게 '연지곤지'라는 이름을 선물했다.

소비자의 눈에는 노란 사과에 찍혀 있는 빨간 점이 너무 예뻤는지 '연지곤지'는 2017년 히트상품이 되

작고 단단한 마음,

어 없어서 못 파는 지경에 이르렀다. 물량이 부족해 '연지곤지'를 주문한 손님들께 병해 피해가 없는 사과를 보내며 "죄송합니다"라는 사과를 건네야 하는 웃지 못할 해프닝까지 벌어졌다.

당시에는 꽤 괜찮은 시도였다고 스스로 평가했고 여러 매체에 좋은 마케팅 사례로 소개되기도 했지만 지금 와서 생각하면 하지 말았어야 했을 일이다. 아무리 긍정적인 워딩으로 포장한다고 해도 존재 자체를 있는 그대로 바라보지 않고 특별하게 보는 시선 자체가 이미 차별이었음을 뒤늦게 자각했다. 긍정의 형용사도 부정의 수식어도 모두 제거해야만 했다. 긍정적인 의도로 한 말일지라도 사람의 외모에 대해서 언급하지 않는 게 지금 대한민국 사회에서 합의된 예절이다. 사람에게 쓰면 실례고, 농산물에 쓰는 건 아무렇지 않게 여기는 건 좀 이상하다.

궁극적으로 내가 하고자 하는 일은 시장에서 B급과 못난이라는 워딩을 포함, 과일의 외형을 언급하는 모든 수식어를 걷어내는 일이다. 사과는 그냥 사과, 감귤은 그냥 감귤이면 충분하다. 등급을 나누는 것이 꼭 필요하다면 외형적인 기준은 아니었으면 한다. 친환경 재배 농산물과 일반(관행) 재배 농산물과 같이 재배 방법에 따른 차이, 또는 와인처럼 포도의 재배 기후와 토양 차이에서 오는 맛의 희소성 때문에 나뉘는 등급이라면 충분히 납득할 만하다. 하지만 단지 외형적 기준에 의한 등급 분류 방법은 하루 빨리 시장에서 사라지는 게 맞다. 나아가 맛에 의한 등급 분류 또한 능력주의를 공정이라고 여기는 사회에서는 합리적이라 여길 수 있겠지만 농업의 본질적 측면에서 접근하면 조금 더 생각해봐야 할 문제다.

외형을 따지는 기준은 고약한 관습에 불과하다. 드라마 〈미생〉에서 중요한 비즈니스 프레젠테이션을 앞두고 뚜렷한 답이 나오지 않아 고민하던 와중에 사원 장그래가 세계지도를 거꾸로 보는 장면이 나온다. 그러면서 지도를 똑바로 보면 호주가 잘 보이지 않지만 거꾸로 보면 호주가 한 가운데에 위치해 잘 보인다며, 프레젠테이션의 관습 또한 깨자고 제안한다. 그 말에 상사 오상식 과장은 깨달음을 얻은 표정으로 나직이 뱉는다.

"그래… 관습에만 충실하다 보면 꼭 드러나야 할 게 오히려 가려지는 수가 있지."

과일에서 중요한 것은 과연 무엇일까? 외모라는

작고 단단한 마음,

관습에만 충실하다 보니 정작 드러나야 할 과일의 본질이 가려지고 있지 않았을까? 과일의 본질은 외모가 아닌 본연의 맛과 향에 있다.

공씨아저씨네가 이따금 미디어에 소개될 때마다 우리를 B급 과일만 전문으로 판매하는 과일가게로 알고 연락하는 사람들이 있다. 백이면 백 과일을 싸게 구매하고 싶다는 연락이다. 심지어는 B급 과일 판매 비즈니스를 하고 싶은데 자문을 좀 구할 수 없겠냐는 연락도 몇 차례 있었다. 나는 시장에서 B급 워딩 자체를 없애자는 이야기를 하고 있었지만 미디어는 늘 자극적인 제목을 뽑았고 사람들은 자신들이 보고 싶은 것만 봤다. "B급이라고 말하지 마"라고 하면 B급을 생각하게 된다는 조지 레이코프의 주장은 정확했다.

폭력적인 말을 폭력이라 인식하지 못하고 아무렇지 않게 쓰던 시절이 있었다. 그 시대가 폭력이 일상화된 사회였기 때문이다. 나 역시 그 시절을 관통했다. 완벽하지는 않지만 사회의 비정상적인 부분들이 조금씩 회복되고 있는 중이라고 생각한다. 장애인의 반대말이 정상인이 아니고 비장애인이라는 것 정도는 모두가 공감하는 사회적 분위기는 만들어졌다고 믿는다. 말이라는 것은 시대에 따라 의미가 변화한다. 비록 악의 없이 사용했을지라도 시대가 변하면서 그 안에 차별과 혐오의 의미가 담겨 있음을 발견하면 그 말은 사용을 멈추는 것이 맞다. 그러나 안타깝게도 농산물의 영역에서는 B급, 못난이 등의 표현을 여전히 아무렇지 않게 사용하고, 심지어는 농산물을 구출한다는 미명 아래 비즈니스에 활용하기도 한다.

사람과 농산물을 어떻게 같은 기준으로 비교하냐며 과하다고 이야기하는 사람도 있다. 《최소한의 시민》(디플롯)에서 장혜영은 "어떤 약자는 차별하면 안 되지만 다른 어떤 약자는 차별해도 된다는 생각 때문에 차별이 존속된다"고 말한다. 과일로 바라본 세상에서 B급 과일을 보는 사람들의 시선은 차별의 색안경으로 장애인을 바라보는 비장애인들의 태도와 크게 다르지 않았다. 우리가 농산물을 바라보는 방식은 평상시 삶에서도 그대로 드러난다. 그래서 더 중요하다.

등급은 차별을 만들고, 차별은 꼬리에 꼬리를 물고 사회에 독버섯처럼 번진다. 나는 그 차별의 고리를

작고 단단한 마음,

과일을 대하는 우리 태도의 변화를 통해 끊고 싶었다. 만약 내가 농산물 도매 시장에서 사회생활을 시작하고 줄곧 그곳에서 경력을 쌓았다면 이러한 것들이 '이상하게' 보이지 않았을 수도 있다. 그러나 농업의 'ㄴ'자도 모른 채 이 일을 시작한 나로서는 모든 게 이상하기만 했다. 과일을 판매하면서 거창하게도 세상의 부조리와 모순에 작은 균열을 일으키고 싶어졌다. 2018년 리뉴얼을 진행하면서 내건 가게의 슬로건 '상식적인 과일가게'는 이미 오래전부터 마음속으로 품고 있었던 세상을 향한 나의 외침이다.

유통 생태계 걱정하는
이상한 과일가게

공씨아저씨네가
일하는 방식

    과일가게 공씨아저씨네는 2011년 문을 열었다. 당시는 온라인 농산물 시장이 기지개를 켜던 시점이었다. 신선 식품은 택배 배송이 익숙하지 않던 시절이라 직접 눈으로 보고 사야 한다는 소비자 인식이 여전히 강했다. 하지만 시대 흐름상 온라인 시장은 점점 커지고 오프라인 시장은 줄어들 것은 굳이 경제 전문가가 아니더라도 누구나 예측할 수 있었다.

작고 단단한 마음,

초창기 온라인 농산물 시장의 상승 곡선은 급격하지 않았다. 그러다 2010년대 후반으로 넘어오면서 신선 식품 전자상거래 시장 규모가 급성장했다. 하루가 다르게 신규 업체가 생겨났고, 성장 곡선은 팬데믹 시기를 지나면서 빠르게 수직 상승했다. 이제는 의심할 여지가 없는 온라인의 시대다. 과일 시장도 마찬가지다. 규모가 커지자 자연스레 업체 간 경쟁도 더욱 치열해졌다.

누구나 맛있는 과일을 원한다. 소비자도 그러하겠지만 과일 유통업에 종사하는 사람들은 눈에 불을 켜고 맛있는 과일을 찾는다. 반면 농사를 잘 짓는다고 소문난 농민은 시장의 규모에 비해 턱없이 적다. 그래서 많은 신규 온라인 업체가 이미 시장에서 검증을 거친 농민의 농산물을 공급받아 안정적인 매출을 확보하려 한다. 하지만 그런 농민은 이미 판매망을 확보하고 있기 마련이다. 즉, 거래에 성공하더라도 공급 물량이 부족하니 매출에 큰 도움이 되지는 못한다. 그럼에도 수많은 신생 유통사가 믿어지지 않을 만큼 이 방법으로 장사의 첫발을 내딛는다. 사업 초기에 검증된 농가를 선택하는 게 무슨 문제냐고 반문할지 모른다. 그러나 쉬운 길이 언제나 좋은 목적지로 안내하는 것은 아니다.

나에게는 함께할 협력 농가를 선정하는 몇 가지 기준이 있다. 스스로 정해놓은 이 엄격한 기준은 협력 농가 찾는 길을 더 어렵게 만들지만 아직까지 유지하고 있다. 그중 하나가 이미 다른 온라인 판매처가 있는 농민과는 거래하지 않는 것이다. 이유는 시장에서 유통사들끼리 부딪칠 수 있기 때문이다. 아니, 부딪칠 수밖에 없는 구조다.

동일 상품에 다수의 판매처가 존재하면 당연히 가격 경쟁으로 귀결된다. 시장 경제의 기본 흐름이다. 나는 농산물 소비를 조금 다른 관점으로 접근하고 싶었다. 가격보다 가치에 중심을 둔 소비 말이다. 소비자들이 과일을 구매할 때 고려하는 첫 번째 요소가 가격이 아닌 가치였으면 했다. 물론 가격이 소비 결정에 있어서 우선적으로 고려되어야 할 중요 요소임은 분명하다. 그걸 부정하는 것은 아니다. 다만 그 기준이 오직 가격에 매몰되는 순간 농산물 시장은 자본주의 논리에 따를 수밖에 없고 이미 시장은 그렇게 변질되어 왔다.

이를 위해 나는 아직 온라인 시장에는 모습을 드러내지 않은 숨은 실력자를 발굴하는 기나긴 여정을 시작했다. 소비자가 가치를 인정하고 기꺼이 소비할 수 있

작고 단단한 마음,

는 과일 농사를 짓는 농민을 찾는다. 그래서 많이 더디다. 농민을 만나서 호흡을 맞추고 정상적인 판매 궤도에 오르기까지 평균 3년에서 4년의 시간이 걸린다. 경험이 부족했던 초창기에는 한 농가와 거래를 시작하기 전에 최소 1년간 서로를 알아가는 예비 기간을 두기도 했다.

온라인 거래를 하지 않던 잠재력 있는 농민을 찾아서 함께 성장하는 것이 신규 유통사가 나아가야 할 방향이라고 말한다면 너무 비현실적이고 낭만적인 생각일까? 그러나 그것이 시장 전체를 키우는 방법이고, 자본주의 논리에만 매몰되어 무분별한 가격 경쟁이 벌어지는 걸 막을 수 있으며, 생산자와 유통인 그리고 소비자가 상생하는 건강한 유통 생태계를 만드는 방법이라고 나는 확신한다.

말하자면 유명 배우를 캐스팅해서 안정적인 흥행을 거두는 것보다 인지도는 덜하지만 연기력 좋은 배우를 언더그라운드에서 발굴해 그의 재능을 빛나게 하는 것이 내가 일하는 방식이다. 그것이 배우의 전체 풀을 늘리면서 문화예술계를 탄탄하게 만드는 방법이라고 믿는다. 이런 방식으로 지금까지 14년간 만난 농민들은 스무 명이 채 되지 않는다. 화려하진 않을지라도 뿌리가 탄탄하니 쉽게 흔들리지 않는다.

2024년 봄. 한 아이돌 그룹을 두고 대형 연예기획사와 그 회사의 자회사 대표 간의 진흙탕 싸움이 한동안 뜨거웠다. 정확히 그 시기에 SBS에서 〈학전 그리고 뒷것 김민기〉라는 3부작 다큐멘터리가 방영되었다. 대학로의 소극장 학전이 사람을 대하는 방식은 요즘의 연예기획사와 극명하게 대비되었다.

배울 '학學'에 밭 '전田'자. 학전은 '배우는 밭'이라는 의미를 담고 있다. 무명의 배우가 스스로 성장할 수 있는 든든한 울타리가 되어준 학전은 이름 그대로의 역할을 33년 동안 묵묵히 수행하고 지난 2024년 3월 간판을 내렸다. 학전에서 배출한 수많은 예술가들이 대한민국 문화계를 풍성하고 탄탄하게 만드는 것을 보면 그의 방식이 틀리지 않았음이 증명된다.

나는 故김민기의 방식으로 농민과 함께하고자 노력했다. 당장 눈앞의 이익만을 추구하기보다 지속 가능한 미래를 위해 서로에게 좋은 밭이 되어주고 함께 성장하고자 했다. 그것이 내가 공씨아저씨네를 운영하는 방식이다.

작고 단단한 마음,

유통사의 노력만으로 되는 것은 아니다. 농민의 역할도 중요하다. 유통사에 비해 상대적으로 농민의 역할에 대해서 업계의 누구도 비중 있게 이야기하지 않아 아쉬울 때가 많다. 감귤을 예로 한번 들어보자. 감귤을 생산하는 한 농민이 있다. 포털 사이트에 해당 농민의 이름을 검색하면 다수의 온라인 판매처가 검색된다. 동일한 감귤이지만 가격은 판매처마다 다르다. 그후엔 업체 사이의 가격 경쟁만 남는다.

농가에서 꼼수를 부리는 경우도 있다. 부모와 자녀가 함께 농사를 짓는 가족농의 경우, A유통사에는 남성 농민을 생산자로 등록하여 감귤을 공급하고, B유통사에는 여성 농민의 이름으로, C유통사에는 자녀의 이름으로 농산물을 공급한다. 그렇게 하면 동일한 감귤이 세 명의 다른 생산자의 감귤로 둔갑되어 교묘하게 검색망을 피해 갈 수 있다. 온라인 시장의 빈틈을 이용한 묘수라고 볼 수도 있겠지만 판매처를 늘려 판매량을 늘리려는 의도가 뻔히 보이는 수법으로, 결코 공정하다 할 수 없다. 농민의 이해와 쉽고 빠른 길을 찾는 유통사의 이해관계가 맞아떨어져 관행처럼 고착화되었다.

이 구조의 열쇠는 농민이 쥐고 있다. 유통사별 판

매량에 따라 농가의 공급 조건도 다를 것이고, 이로 인해 공급 가격을 놓고 농민과 유통사 간에 실랑이가 벌어지기도 한다. 해당 농가와 처음부터 함께해왔던 유통사는 기껏 본인이 노력해서 만들어놓은 시장에 후발 업체가 들어와 숟가락 얹어 밥그릇을 빼앗아 간다고 느낄 수 있다. 반면 농민은 생산량을 해결하기 위해 신규 거래처를 늘릴 수밖에 없었다고 항변할 것이다. 양쪽 입장모두 틀린 이야기도 아니고, 이해가 되지 않는 것도 아니다. 다만 신규 업체와 관계 맺기 전에 기존 유통사와 상의하거나 최소한 양해라도 구했으면 어땠을까.

사실 공산품의 경우 하나의 제조사에 다수의 유통사 관계가 일반적이다. 그러나 대부분의 농가는 규모가 영세해 공산품 제조사처럼 유통 채널을 관리할 전문적인 인력도, 노하우도 없다는 것이 문제다. 그래서 유통사와 비즈니스 관계를 맺을 때 농민은 많이 서투르다. 그 서투름 때문에 본의 아니게 시장에 분란을 만들기도 한다. 이런 이유로 나는 이미 다른 온라인 채널을 갖고 있는 농가와의 거래는 피한다. 온라인 시장에 알려지지 않은 새로운 농가를 발굴해 시장을 폭넓고 튼튼하게 만드는 것이 내게 더 보람 있고 유의미하고, 재미있다.

까탈스러운 기준 탓에 협력 농가를 찾는 게 갈수록 어렵다. 온라인 시장도 커질 대로 커져버려 온라인 거래처 하나 없는 농민 찾기가 여간 힘든 게 아니다. 그러다 보니 과일 품목을 늘리는 속도가 한없이 더디다. 가끔은 판매하는 가짓수가 너무 초라해 우리 가게가 진짜 과일가게가 맞는지 스스로도 의심스러울 때가 있다. 그러나 장기적인 관점에서 나만의 원칙과 속도를 지키는 것이 우리 가게를 지속 가능하게 할 차별점이 될 것이라 믿었다.

이미 온라인 판매처를 가지고 있는 농가의 농산물을 판매하지 않는 데는 다른 이유도 있다. 그건 해당 농가와 함께 처음부터 파트너십을 만들어온 기존 유통사의 노력을 인정하고 존중하고 싶은 동종 업계 종사자의 최소한의 상도다.

한 농민이 이름을 알리기까지의 과정을 거슬러 올라가 보면 분명 처음을 함께한 어느 유통사가 있었을 것이다. 물론 좋은 과일을 생산하기 위해 노력한 농민의 공이 가장 크다. 하지만 유통사의 도움 없이 안정적으로 판매하는 것은 쉽지 않다. 최소한 다른 사람이 쌓아놓은 노력의 결과를 쉽게 가로채는 방식은 공정하지 못하다고 생각한다. 타사와 오랜 기간 거래를 유지하고 있는 농가에 아무런 거리낌 없이 접촉하는 유통사를 볼 때마다 조금 씁쓸하다. 그러나 손뼉도 마주쳐야 소리가 나는 법. 기존 거래처를 뒤로하고 단가 일이백 원에 고민 없이 타 유통사와 손을 잡는 농민에게도 책임이 있다. 제조사(생산자)로서 시장의 질서를 유지할 의무를 다하지 않았기 때문이다.

온라인 시장의 규모가 커지면서 공씨아저씨네 협력 농가에 거래를 제안하는 신생 업체도 하나둘 생기기 시작했다. 예상했던 일이었다. 다른 유통사를 복수로 선택할 필요가 없게끔 내가 농민에게 확고한 신뢰를 준다면 별문제 없을 거라고 믿었고, 그렇게 관계를 맺어왔다. 다행히 이런 사유로 거래가 끊어진 일은 없었다. 신규 업체의 연락이 올 때마다 농가에서 직접 거절했다.

이와 같은 신뢰 관계가 유토피아가 아닌 현실에서 가능하려면 먼저 선행되어야 할 일이 있다. 내가 과일을 그만큼 잘 팔아야 한다. 판매도 못하면서 독점을 요구할 수는 없지 않은가?

작고 단단한 마음,

장사를 하며 나는 내가 가진 치명적인 단점 두 가지를 발견했다. 재물욕과 승부욕이 없다. 돈을 많이 벌고 싶은 욕심과 누굴 이기고 싶은 마음이 나의 DNA에 없다. 배우 윤여정은 아카데미 영화제에서 여우조연상을 수상한 후 인터뷰 자리에서 이런 말을 했다.

"나는 최고, 그런 말이 참 싫어요. 최고가 되려고 그러지 맙시다, 우리. 그냥 최중만 되면서 살면 되잖아요."

그의 말처럼 난 '최고'가 아니라 '최중'으로 사는 게 체질에 맞는 사람이다. 그런 나에게 큰 자극을 준 사람이 있다. 충남 금산의 양봉 협력 농가 김동호 농민이다. 처음 인사를 나누는 자리에서 농민에게 나를 '많이 팔고 싶은 욕심은 없고 그냥 순리대로 장사하는 사람'이라고 소개했다. 좋은 첫인상을 남기려는 의도였는데, 그의 대답은 꾸짖음이었다. 유통하는 사람이 그렇게 무책임하면 어쩌냐며, 우리 같은 농민은 유통인을 믿고 1년 노력의 결과물을 맡기는데 그런 태도를 보이면 안 된다고 일침을 날렸다.

보이지 않는 강력 스매싱으로 뒤통수를 얻어맞은 기분이었다. 이 일을 하면서 가장 부끄러웠던 순간이다. 나는 선비처럼 장사를 하고 싶었던 거였다. 농민의 생계가 내 손에 달려 있는데 그저 유유자적한 라이프스타일을 누리며 소박하게 살고자 하는 한없이 이기적인 태도였다. 삶의 방식으로써 문제가 있는 것은 아니었지만 유통인으로서는 취하지 말았어야 할 태도였다.

이후 '많이 판다'는 것에 대한 생각을 새롭게 하게 되었다. 많이 판다는 것은 단순히 돈을 많이 벌고 경쟁자를 이기겠다는 의미가 아니라 누군가의 생계를 책임지는 일이고, 누군가의 내일을 함께 만드는 일이라는 것을 이제는 안다. 그래서 그 뒤로 새로운 기준이 섰다.

'협력 농가의 과일을 남김없이 다 팔겠다.'

농산물이 잉여가 되지 않도록 전량 소진시키는 것을 항상 최우선 목표로 삼는다. 거래를 시작한 이후 김동호 농민은 나에게 무한한 신뢰를 주었고 비록 건강 문제와 기후 변화에 따른 꿀벌 감소로 몇 해째 벌꿀 판매를 못 하고 있지만 여전히 서로의 안부를 챙긴다.

내 농가의 농산물은 무조건 다 판다는, 농산물을 유통하는 사람이 기본적으로 갖추어야 할 책임을 언제나 잊지 않는다. 업력이 쌓이면서 책임감은 더욱 커져만 간다. 과일 판매가 시작되면 재고가 0이 되기 전까지 언제나 초긴장 상태다. '긍정 스트레스 상태'라고 나름 표현하는데, 그래서 판매 기간에는 모든 에너지를 집중하기 위해 다른 외부 일정을 일절 만들지 않는다. 한 시간 외부 미팅만으로도 집중력이 흐트러지기 때문이다. 사장이 가게를 비우면 바로 표가 난다는 말은 온라인 가게도 예외가 아니다.

인상 깊게 읽은 신문 칼럼이 있다. 드라마 〈이상한 변호사 우영우〉에서 "우영우가 '이상한 변호사'인 이유는 그의 장애가 아니라 그가 윤리적 인간이라는 사실" 때문이라는 거다. "드라마에 등장하는 변호사 중 오로지 우영우만이 옳고 그름, 정의와 부정의, 진실과 거짓을 따지고, 규범에 어긋나는 행위에 부끄러움과 분노를 느낀다(박이대승, '누가 윤리적 인간이 될 수 있는가', 주간경향 1499호)."

윤리적인 인간… 칼럼 속 글귀가 맴돌았다. 유통업에서도 낭만을 꿈꾸고 윤리적이고자 하는, 나는 계속 '이상한 과일가게'로 남고 싶다.

집주인이 되다

브랜딩과 정체성

무작정 시작한 장사였다. 투자 같은 것은 당연히 없었고 생활비가 없어 은행 대출에 의존하던 시절이었다. 먹고살아야 했기에 곶감, 마늘, 고구마, 밤호박 등 농산물이면 종류를 가리지 않고 닥치는 대로 판매했다. 가게를 연 지 3년이 지나고서야 그나마 과일가게다운 면모를 어렴풋이 갖추었다.

독립 쇼핑몰을 무상으로 제공해준 첫 번째 '집주

작고 단단한 마음,

인'인 개발자 출신의 전 직장 동료들(이들은 내 평생의 은인이다) 덕분에 온라인 가게를 오픈할 수 있었고, 그렇게 몇 해를 버텼다. 초반에는 SNS를 활용해 지인 위주로 판매했지만 3년 차에 접어드니 점차 한계가 왔다. 온라인 쇼핑몰은 불특정 다수에게 판매가 이뤄져야 지속 가능하다. 많은 사람에게 알려야 했고 무엇보다 소비자가 편하게 결제할 수 있어야 했다. 스마트폰이 대중화되면서 결제도 모바일 중심으로 바뀌고 있어, 기존의 사이트는 여러모로 부족함을 안고 있었다.

　　그래서 만난 게 두 번째 '집주인', 네이버 스마트스토어(2014년 당시 이름은 스토어팜)였다. 네이버의 힘은 대단했다. 독립몰을 무용지물로 만들었고 대부분의 매출이 스마트스토어에서 발생했다. 매출이 점점 상승 곡선을 그려나갔다. 그러나 남의 집 월세살이는 한계가 명확했다. 후기의 노예가 되어 주인에게 질질 끌려다니는 나의 모습을 발견했고, 과일을 구매하는 사람이 우리 손님인지, 네이버 손님인지 구분이 되지 않았다. 다행히 플랫폼 사이즈만 키워주는 남 좋은 일이라는 사실을 너무 늦지 않게 깨달았다. 오래 장사하려면 매출이 줄더라도 내 가게에서 장사를 해야겠다 싶었다. 공씨아저씨네만의 정체성과 색깔도 드러내고 싶었다. 그러기 위해서는 내가 '집주인'이 되어야 했다.

2018년, 사이트 리뉴얼을 결심했다. 장사를 시작한 지 만 7년 차에 드디어 진짜 내 집이 생기는 것이다. 사이트 리뉴얼에 앞서 리브랜딩 작업을 선행했다. '리'브랜딩이라고 하지만 제대로 된 브랜딩 작업은 처음이었다. 지인 찬스로 '친근한 과일가게 아저씨' 이미지로 로고를 하나 만든 것 외에 별다른 아이덴티티가 없었다. 브랜딩 작업은 나에게 결코 적은 비용이 아니었지만 전문가의 역할이 절실하게 필요했다. 주먹구구식으로는 늘 제자리를 맴돌 것이라는 확신이 있었다.

브랜딩은 단순히 로고를 만드는 것이 아니다. 브랜딩은 회사의 정체성을 확립하는 작업이다. 사람으로 비유하면 인격과 성격을 만드는 작업이라고 생각하면 이해가 빠를 것이다. 리브랜딩 작업은 공씨아저씨네의 지난 시간을 되돌아보게 했고, 내가 원하는 것이 무엇인지 명확하게 했다. 동시에 향후 우리 가게가 어떤 방향성을 가지고, 무엇을 해야 할지도 자연스럽게 보였다.

누구와 함께 브랜딩 작업을 할지 고민이 컸다. 사

작고 단단한 마음,

진 관련 분야에서 일해왔던지라 주변에 아는 디자이너가 몇 있었지만, 친분 있는 디자이너가 최선이 아니라는 것 정도는 인지하고 있었다. 최소한 내가 하고자 하는 일에 공감하는 사람이었으면 했다.

업계 동료들과 사무실을 함께 쓰던 시절, 동료 회사의 브랜딩 과정을 가까이에서 지켜본 적이 있는데, 인상적인 경험이었다. 그때 작업을 진행했던 디자이너가 떠올랐다. 일은 결과도 중요하지만 무엇보다 과정이 재미있어야 한다는 게 지론이다. 그 사람이라면 재미있게 작업할 수 있을 것 같았다. 연락했더니 본인도 예전부터 눈여겨보았다며, 공씨아저씨네 리브랜딩을 해보고 싶었다고 했다. 그렇게 스튜디오 허밍의 조혜연 실장이 작업을 맡았다. 정식으로 작업을 의뢰하고 수차례 미팅을 가졌다. 기존에 있던 서로에 대한 정보와 선입견을 지우고 백지 상태에서 모든 걸 새로 시작했다.

첫 미팅부터 끊임없는 질문 공세가 쏟아졌다. '공씨아저씨네가 추구하고자 하는 가치가 무엇인지 한 문장으로 설명하라', '핵심 단어로 나열해보아라', '새로운 CI가 나오면 웹에서만 활용할 건가, 아니면 리플릿이나 다른 인쇄물로도 활용할 건가', '추후 오프라인 매장을 낼 계획이 있는가' 등등 디자이너는 최대한 많은 정보를 캐내려고 안간힘을 썼다. 취조의 달인이었다. 난 모든 걸 자백했다. 그동안 생각해보지 않았던 것들이라 답변이 어렵기도 했지만 막연했던 생각을 말과 글로 정리하고 다듬으면서 우리 가게를 좀 더 객관적인 시선으로 볼 수 있었다. 부족한 점들이 눈에 들어온 것도 큰 성과였다.

리브랜딩 디자인의 방향성은 '미니멀리즘'으로 잡았다. 이는 내가 살아가는 방식이기도 하다. 일이 추구하는 가치와 삶이 지향하는 방향이 다르지 않았으면 좋겠다고 줄곧 생각하며 살아왔다. 내가 세상을 바라보는 시선, 태도가 일에서도 그대로 드러나는 자연스러운 삶을 원했다.

어린 시절 보았던 신사복 브랜드 '트래드클럽'의 인상 깊은 광고 문구를 아직 기억한다.

'막 사 입어도 1년 된 듯한 옷, 10년을 입어도 1년 된 듯한 옷.'

지금 봐도 명카피다. 새 것이지만 날것 같지 않은 편안함을, 오래되어도 유행에 뒤처지지 않는 세련됨을

작고 단단한 마음,

추구하는 이미지가 너무 좋았고 우리 가게도 그렇게 나이 들기를 바랐다. 10년 뒤에도 전혀 올드하지 않으면서 동시에 너무 트렌디하지 않았으면 했다.

"공씨아저씨네 이미지를 한 단어로 표현하면?"이라는 질문에 나는 "건조함"이라고 답했다. 우리 가게는 소비자 입장에서 많이 불편하다. 소비자보다 농민을 먼저 생각하고, 제철 과일만 판매하기 때문에 상품 수도 적고, 대부분 예약 주문 방식이라 주문에서 배송까지 짧으면 일주일, 길면 한 달까지도 기다려야 한다. 소비자 입장에서는 불친절함으로 받아들일 수 있는 요소다. 그래서 손님과 가게 주인의 관계가 지나치게 친밀하지 않고 어느 정도 적정 거리를 유지해야 지속 가능한 운영 방식이라고 생각했다. 과도한 친절함과 불친절함의 중간 지점. '내가 할 수 있는 일은 최선을 다하되, 딱 거기까지만 하자'가 공씨아저씨네의 방식이었고, 그것을 '건조함'이라고 표현했다. 길고 긴 인터뷰를 마치고 조 실장은 인터뷰 내용을 바탕으로 우선 로고 타입 디자인부터 진행하겠다고 했다.

보름 정도 후 연락이 왔다. 작업 진행 과정을 스

케치한 사진 몇 장을 보내며 기성 폰트 중에서 가장 건조하게 느껴지는 폰트를 몇 개 골라서 보내달라고, 거기에서 출발하겠다고 했다. 그리고 다시 보름 후 로고 타입의 첫 시안이 메일로 전달되었다. 총 여섯 개의 디자인 시안 중 세 개를 골라 피드백했다.

조 실장은 '네모꼴'과 '탈네모꼴' 디자인에 대해 설명해주었다. 네모꼴이란 직사각형 안에 꽉 차게 들어오는 타입, 탈네모꼴은 직사각형에서 벗어나 있는 타입이다. 탈네모꼴은 한눈에 시선을 끄는 효과는 있으나 오래 보면 조금 질릴 수 있다는 단점과 베리에이션에 한계가 있다고 설명해주었다. 추후에 로고 타입을 활용하여 상품을 제작하거나 리플릿 등을 제작할 때 다른 디자인적 요소와의 조화도 고려해야 하는데, 탈네모꼴은 이럴 때 어려움을 겪을 수 있다고 했다. 내가 고른 세 개의 시안 중에 두 개가 탈네모꼴이었기 때문이었다.

우선 탈네모꼴 한 개와 네모꼴 한 개로 추려서 2차 작업을 진행했다. 심벌과 함께 진행한 로고 타입 작업을 보면 느낌이 또 다를 것이라고 조 실장은 설명했다. (우리가 흔히 로고, 시그니처, CI라고 부르는 것은 심벌과 로고 타입을 합쳐서 부르는 말이다.)

얼마 후 결과물이 나왔다며 프레젠테이션을 진행하겠다는 연락이 왔다. 아마 조혜연 실장은 지난번 미팅 때 이미 심벌까지 준비해두었던 모양이다. 나중에 작업 노트를 볼 수 있냐고 요청하자 본인의 노트를 보여줬는데 디자이너가 겪은 고민의 흔적들이 고스란히 묻어 있었다. 예상했던 것보다 훨씬 더 고행의 시간을 보냈음을 느낄 수 있었다. 뭉클했다.

프레젠테이션은 시내의 한 카페에서 편안한 분위기로 진행했다. 1인 회사라 약식으로 설명해줄 거라 생각했는데, 형식을 갖춰 대기업 회의실에서 설명하는 것과 다르지 않게 시작했다. 작업을 진행하면서 가장 숨막히고 긴장되는 시간이면서 동시에 리브랜딩하길 정말 잘했다는 확신을 느끼는 순간이기도 했다. 로고 타입과 심벌이 탄생하기까지의 과정과 왜 그러한 심벌과 로고 타입을 만들게 되었는지 논리적으로 설명했다. 인터뷰하면서 내 입에서 나왔던 단어와 문장이 정돈되어 담겨 있었다. 프레젠테이션을 들으며 연신 고개를 끄덕였고, 완벽하게 설득당했다.

전달받은 네 개의 최종안 사이에서 고민에 빠졌다. 모두 버리기 아까운 훌륭한 작업이었기 때문이다.

사진도 마찬가지인데 사진은 찍는 것도 어렵지만 고르는 것도 만만치 않게 어렵다. 결정이 고민될 때는 늘 처음으로 돌아간다.

'추구하고자 했던 최우선 가치가 무엇이었지?'

'미니멀리즘과 건조함.'

기준과 방향을 명확히 하니 답이 또렷하게 보였다. 감각적으로 '이게 더 예쁘냐, 저게 더 예쁘냐'보다 드러내고자 하는 목적과 가치를 충실하게 표현하고 있는지, 그것이 결정의 포인트였다. 공씨아저씨네는 온라인 커머스 사업만 하는 곳이기 때문에 웹사이트에서 가장 돋보일 수 있고, 그 기능을 극대화시킬 수 있는 디자인을 선택하는 게 맞다는 최종 결론을 내렸다.

조 실장은 감귤을 위에서 바라본 모양을 형상화해 심벌을 만들었다. '공'이라는 단어가 가지는 의미를 '동그라미'로 표현하고, 공씨아저씨네의 첫 과일이었던 귤의 이미지를 시각화했다. 직관적으로 과일의 모든 형태를 포괄하는 가장 쉽고 완벽한 형태인 동그라미로 풀어낸 심벌이다. 본연의 시간과 원칙을 지켜서 수확한 충실한 과일을 판매하고자 하는 공씨아저씨네의 철학을 담았다.

시그니처

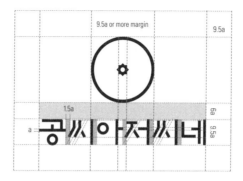

그래픽모티브

Fragrance	Maturity	Process	Taste

Tomato	Apple	Strawberry	Peach	Plum	Tangerine

Persimmon	Tangerine	Tomato	Korean melon	Processed goods

공씨아저씨네

과일을 위에서 보면 꼭지가 보인다. 꼭지의 모습을 온전히 볼 수 있는 것은 나무에서 과일이 분리된 이후다. 그래서 과일의 꼭지는 농민에게서 유통인인 나에게 바통이 전달되었을 때 비로소 온전히 드러난다. 꼭지가 보이는 수확의 순간, 농민의 역할은 끝난다. 이후에는 내가 잘 판매하는 일만 남는다. 이런 다짐도 함께 담은 심벌은 볼 때마다 나를 각성시키는 훌륭한 자극제다.

도식화된 과일 일러스트에서 아이디어를 얻어 웹사이트 첫 화면 구성을 스케치했다. 사이트 제작 작업을 맡아준 문구류 브랜드 웬아이워즈영 최현정 대표 덕분에 처음 스케치했던 이미지가 그대로 웹에 구현되었다. 이렇게 공씨아저씨네의 리브랜딩 작업이 마무리되었다. '우리 같은 작은 규모에서 굳이 브랜딩을?'이라고 생각하는 회사의 대표가 있다면, 바로 당신의 회사가 브랜딩이 가장 필요한 곳이라는 말을 꼭 전하고 싶다.

2018년 겨울, 새로운 공씨아저씨네 웹사이트가 첫 문을 열었다. 지금의 공씨아저씨네가 풍기는 색채는 리브랜딩과 리뉴얼 이후 정리되고 또렷해진 색이다. 브랜딩 작업을 조금 더 일찍 진행했으면 우당탕탕 방황하

작고 단단한 마음,

는 시간이 조금 줄어들었을지도 모르겠다.

종종 매체와 인터뷰하면 받는 질문이 있다. 처음부터 이런 계획과 철학을 가지고 사업을 시작했냐는 질문이다. 이미 서문에서도 말했듯이 당연히 아니다. 사람이 태어나면서부터 완성형으로 태어날 수 없고, 한 살 한 살 나이를 먹으면서 조금씩 성숙한 자아를 만들어 가듯이 1인 회사인 공씨아저씨네도 처음부터 완벽한 모습을 갖추고 시작하지 않았다. 우리 가게도 나이를 먹으면서 점차 변화해왔다.

변화는 자연스럽다. 변화가 꼭 나쁘다고 생각하지 않는다. 중요한 건 어떻게 변했느냐다. 더 나아진 모습이라면 변하길 잘한 것이다. 다만 본질을 잃지 않으면 된다. 공씨아저씨네의 처음 색과 지금의 색은 그래서 당연히 다르다. 난 지금의 색이 좋다. 모든 것이 브랜딩 덕분이다.

영원히 구멍가게로
남고 싶다

사업 확장에 관한 고뇌

브랜딩 후 재오픈 시점을 제주도 감귤 수확 시기
인 겨울에 맞췄다. 새로 지은 집에서의 첫 출발은 감귤
이고 싶었다. 심벌을 감귤로 한 이유도 시작을 함께한
과일이 갖고 있는 상징성 때문이었다.

네이버 스마트스토어와 결별하고 회원 가입도
새로 받았다. 실시간으로 새로 고침을 누르며 설레는 마
음으로 가입한 회원들의 이름을 살폈다. 초창기 회원의

작고 단단한 마음,

이름이 보일 때면 울컥하기도 했다. 지금은 동명이인도 많고 회원 수도 많아서 이름을 일일이 기억하지 못하지만 초기 회원들의 이름은 잊고 싶어도 잊을 수가 없다. 페이스북으로만 홍보하며 판매했을 당시 감귤을 구매해준 그들이 아니었다면 현재의 공씨아저씨네는 존재할 수 없다.

어린 시절 동네 슈퍼마켓이 새 단장을 하고 문을 열 때면 바가지나 수건 같은 것을 판촉물로 돌렸던 추억이 떠올랐다. 그 정서가 그리웠다. 나도 뭔가 준비하고 싶었고, 이왕이면 우리 가게가 추구하는 가치와 철학이 담긴 의미 있는 선물이면 좋을 것 같았다. 버려진 의류 원단과 라벨을 활용해 에코백을 제작하는 디자인 회사 져스트 프로젝트*JUST PROJECT*와 협업했다. 버려지는 과일이 없도록 외형으로 과일을 선별하지 않는 우리 가게의 운영 방식과 닮아, 의미 있는 선물이 될 것 같았다.

2011년 영국 환경청은 다양한 포장 가방의 수명 주기를 평가했고, 에코백이 일회용 비닐봉지보다 친환경적이기 위해서는 버려지기 전 131번 이상 사용해야 한다고 밝혔다. 그래서 평생 사용하고 싶을 정도로 멋지고 튼튼한 에코백으로 만들고 싶었다.

선물 보낼 명단을 150명으로 추렸다. 대다수는 여전히 회원으로 남아 있는 사람이었고, 과거에 우리 가게에 월급을 탕진할 정도로 열혈 회원이었지만 최근 1~2년간 주문이 없던 사람도, 몇몇 떠난 사람도 있었다. 떠난 이에게는 그럴만한 나름의 이유가 있었을 거라 생각한다. 인연은 억지로 만드는 것이 아니라 자연스럽게 다가오는 것임을 인생을 살며 배웠다. 선물을 만든 건 떠나간 회원이 다시 돌아오기를 바라는 마음은 아니었다. 또는 앞으로도 우리 가게를 많이 이용해달라는 의미의 판촉물도 아니었다. 단지 내가 받았던 환대에 대한 고마움을 한번쯤은 전하고 싶었다. 그게 전부였다. 장사에도 낭만이 있었으면 좋겠다고 늘 생각한다. 그때 받은 에코백을 아직 잘 쓰고 있다는 회원들의 이야기를 들을 때면 뿌듯하다.

10년이면 강산이 변한다는 말은 온라인도 예외가 아니었다. 페이스북 기반으로 시작한 장사라 초기 회원들 대부분이 페이스북 이용자였지만 어느새 우리 회원들도 대부분 인스타그램이라는 새로운 땅으로 이주했다. 실명으로 이용하던 페이스북과는 달리 인스타그

작고 단단한 마음,

램은 프로필 계정만으로 회원을 식별하기 어렵다. 자신의 존재를 드러내고자 하면서도 한편으로는 완벽히 드러내는 것을 꺼리는 요즘 시대를 대변하는 듯했다. 이제는 의도적으로 회원의 이름을 기억하지 않으려 노력한다. 알아도 모른 척한다고 하는 게 정확하겠다. 미국의 사회학자 어빙 고프먼*Erving Goffman*이 말한 '예의 바른 무관심*civil inattention*'이 가게 주인이 손님에게 취해야 하는 최선의 태도라는 걸 본능적으로 느꼈다. 건조함을 추구하고자 했던 우리 가게의 방향성과 시대의 분위기가 묘하게 잘 맞았다. 다행이었다.

독립몰에서 광고나 이벤트를 통해서 모집한 허수가 아닌 실구매 회원 수가 3,000명이 되면 굶어 죽지는 않는다는 말이 업계에 전해 내려온다. 공씨아저씨네 회원 수는 어느 순간 3,000명을 돌파했다. 법칙은 실제로 틀리지 않았다. 그러곤 2020년 가을에는 3,500명, 2021년에는 5,000명을 넘겼다. 회원수가 5,000명까지 늘 것은 생각해본 적이 없었다. 그런데 5,000명을 넘자 6,000명이 되는 건 순식간이었다.

한 과일당 한 농가의 수확물만 판매하다 보니 자연스럽게 한 농가의 최대 생산량이 내가 판매할 수 있는 최대치다. 과일마다, 농가마다 생산량은 다르지만 가장 많이 생산되는 과일을 기준으로 최대 회원 수를 생각했고 그 숫자를 대략 5,000명에서 6,000명 정도로 잡고 있었다. 그러나 솔직히 달성할 수 없는 꿈의 숫자로 여겨왔다.

결국 수확량이 비교적 적은 과일에서 먼저 회원들의 불만이 터지기 시작했다. 주문이 너무 빨리 마감돼서 구입하기가 어렵다는 것이었다. 회의 중에 주문 안내 문자를 받고 회의 끝나자마자 주문하려고 하면 마감, 애기 재우고 들어가 보면 또 마감, 운전 중이라 목적지에 도착하자마자 접속했는데 역시 마감. 당황스러웠다. 공 씨아저씨네가 여기까지 올 수 있었던 원동력이 되어준 에코백의 주인공들이 정작 과일을 구매하지 못한다면 뭔가 한참 잘못된 일이었다. 그리고 그 원인은 당연히 나에게 있었다.

흔히 물 들어올 때 노 저어야 한다고 말한다. 물이 들어온다는 건 사업하는 사람에게 자주 오지 않는 기회임이 분명하다. 그러나 나는 물이 들어오자 물을 막아야겠다는 생각이 본능적으로 먼저 들었다. 사람에게는 모름지기 자기에게 맞는 크기의 그릇이 있는 법이라 생각

작고 단단한 마음,

하며 살아왔다. 회원 수 6,000명을 넘기기 전에 회원 가입을 중단했어야 했다. 순식간에 벌어진 일이라 골든타임을 놓쳤다. 다소 늦은 감이 있었지만 2021년 6월부로 회원 가입 승인을 잠정 중단했다.

　　최근 어느 모임 자리에서 우리 가게 회원이기도 한 동료들에게 이런 이야기를 들었다. 우리 가게를 소개해줄 때 자주 난처하다며, 일례로 대저 토마토를 주변 사람들에게 나눠주면 그 토마토 어디서 살 수 있냐고 꼭 물어보는데, 답하기가 어렵다고 한다.

　　"공씨아저씨네라고…. 그런데 거기 회원 가입을 받아줄지도 모르고 회원이 돼도 살 수 있다는 장담을 못하는 곳이라…, 그냥 내가 주는 거 먹어…."

　　쥐구멍이라도 찾고 싶었다. 품절 마케팅이 요즘 유행이란다. 전혀 의도하지 않았지만 어느 시점부터 품절 마케팅의 선두 주자가 되었다. 장사하는 사람이 물건 없어서 못 판다는 것은 결코 자랑할 만한 일이 아니다. 그건 마케팅이 아니고 직무유기다.

　　팔 수 있는 수량이 정해져 있으니 어찌하겠는가. 그동안 회원 수가 늘어나는 것을 억제하기 위해서 미디어 노출도 거절했는데 어쩐 일인지 가입 신청은 계속 늘어만 갔다.

그렇다고 회원 가입 완전 중단은 참 어렵다. '뉴비newbie를 배척하면 그 판은 반드시 망하게 되어 있다'는 시대의 가르침도 새겨들어야 할 대목이라 고민이 크다. 따지고 보면 최근 회원 가입 신청을 하는 사람은 우리 가게를 알게 된 시점이 늦었을 뿐이지, 과일을 좋아하는 마음이나 내가 추구하는 가치에 동참하는 마음이 결코 작다고 할 수 없을 것이다. 그러기에 가입을 아예 막을 수 없는 노릇이었다. 폐쇄몰로의 전환도 고민했지만 아직 현실화하지 못하고 있는 이유다.

지금은 일정 기간 이상 구매 이력이 없는 회원의 숫자만큼 주기적으로 신규 승인하는 방법으로 절충하고 있다. 대신 신규 회원이 늘어날수록 상대적으로 불편을 겪을 오래된 회원에게는 과일을 먼저 구매할 수 있는 이점을 제공한다. 프로야구 구단에서 시즌권을 판매할 때 10년 이상 된 회원에게 선선예매 혜택을 주는 방식과 비슷하다. 우리 가게는 경력자 우대가 적용된다. 에코백의 주인공들이 편하게 구매하는 게 먼저다. 동시에 '뉴비'에게도 반드시 일정 물량을 할애한다. 하지만

작고 단단한 마음,

여전히 과일 사기가 너무 어렵다는 회원들의 원성은 끊이지 않는다.

이쯤 되면 나의 운영 방식에 답답함을 느껴 활명수를 찾는 사람이 있을 거다. 살 사람은 줄을 서서 기다리고 있는데, 파는 사람이 더 팔 생각을 안 하니 말이다. 농가를 늘려서 공급량을 확대하면 회원 가입도 더 받을 수 있고 매출도 상승할 텐데 왜 이러고 있는지 대체 이해가 되지 않을 수 있다.

협력 농가 하나를 늘리는 것은 생각보다 어려운 일이기도 하거니와 매출이 두 배가 되면 스트레스는 네 배 이상 늘어난다는 것을 그간의 회사 생활에서 경험했다. 회사를 그만두고 이 일을 시작한 이유가 돈은 좀 덜 벌어도 스트레스 받지 않고 일하기 위해서였으니까.

주제넘는 이야기인지 모르겠지만 나는 먹고사는데 두 가지 방법이 있다고 생각한다. 많이 벌고 많이 쓰는 방법이 하나고, 적게 벌고 적게 쓰는 방법이 다른 하나다. 현대 자본주의 사회에서 드러나는 수많은 문제들이 더 많이 욕망하는 삶을 추구해서 나타난 결과라고 생각한다. 그래서 나는 후자의 삶을 택했다.

가게를 처음 열 때부터 마지막까지 1인 회사, 구멍가게로 남는 것이 유일한 목표였다. 대형 마트가 될 생각은 당연히 없었고 꼭 구멍가게여야만 했다. 모든 일을 혼자 하다 보니 혼자 감당할 수 있는 규모로만 일을 한다. 지금의 규모가 나에게는 딱 적당하다. 판매하는 과일이 없는 시기에 가게 문을 닫고 잠시 재충전 시간을 갖기도 하는데 솔직히 이 휴식의 시간 덕분에 지금까지 번아웃을 피해 갈 수 있었다.

예전에 어느 매체와 인터뷰를 하며 이런 질문을 받았다.

"'확장을 목표로 장사하는 것이 아니다'라는 말이 인상 깊은데, 그렇다면 공씨아저씨네는 무엇을 목표로 경영하나요? 확장을 목표로 하지 않으면 기업이 성장하는 데 걸림돌이 되진 않나요?"

나는 역으로 질문했다.

"회사가 꼭 확장해야만 할까요?"

2020년부터 입주해 있는 커뮤니티오피스에서 운영하는 팟캐스트에 출연했을 때도 진행자에게 비슷한 이야기를 들었다. 그는 방송 마지막에 공씨아저씨네가 시장에서 더 큰 플레이어가 되어 시장을 변화시켰으면 좋겠다는 이야기를 건넸다. 같은 해 여름 그린피스 동아시아지부 플라스틱 캠페이너와 가졌던 대담에서도 우리 가게가 컬리만큼 유명해졌으면 좋겠다는 인사를 받았다. 너무나 고마운 말이다.

작은 플레이어가 성장해서 큰 플레이어가 되는 방법도 좋겠지만 작은 플레이어들이 많아지는 것이 다양성 확장의 측면에서 더 건강한 시장이라고 생각한다. 이미 큰 플레이어는 차고 넘친다. 작은 상점이 많이 생겨서 좀 더 촘촘하고 재미있는 시장이 되기를 희망한다. 그것이 건강한 유통 생태계의 모습이다. '탑 오브 더 월드*Top of the world*'보다 '위 아 더 월드*We are the world*'가 좋다.

해마다 상품을 늘리고 사업 영역을 확대하는 장사도 있겠지만 우리처럼 늘 고만고만한 구멍가게 신세를 벗어나지 못하는 장사도 있다. 무엇이 더 낫다 할 순 없겠다. 과일장사를 하면서 그간 내년도 매출 목표를 세워본 적이 없다. 날씨에 크게 좌우되는 농산물의 특성상 생산량을 예측한다는 것은 불가능하다. 기나긴 장마로 사과를 하나도 못 팔았던 해도 있었고, 농민의 건강상의 이유로 복숭아 판매를 2년간 중단했던 시기도 있었다. 계획대로 일이 진행된 해는 단 한 번도 없었다. 어떤 변수가 발생할지 모르는 롤러코스터를 타고 한 해 한 해 를 버텨왔다. 그냥 올해도 굶지만 않는 것, 대출 없이 사 는 것이 공씨아저씨네의 목표다.

그리고 14년이 지난 지금 이 목표는 여전히 변함 없다. 안분지족安分知足의 삶을 추구하다 보니 자연스럽 게 현재의 판매 방식과 가게 규모가 자리 잡았고, 더 이 상 규모를 늘릴 생각도, 그럴 체력도 없다. 오직 잘 지키 기 위해 노력할 뿐이다. 어느덧 쉰이 코앞이다. 20년 넘 게 13인치 노트북을 고집하며 미니멀하게 살았는데 노 안으로 작은 글씨를 읽기 힘들어 얼마 전 24인치 데스 크톱으로 컴퓨터를 바꿨다. 이렇게 과일장사를 하며 자 연의 순리대로 사는 법을 배운다.

작고 단단한 마음,

늦장커머스
공씨아저씨네

새벽 배송 시대에
반기를 든다

전날 밤에 주문하면 다음 날 아침 문 앞에 도착하는 것이 상식인 세상이 되었다. 2014년 컬리(구.마켓컬리)에서 '샛별배송'이라는 이름으로 시작한 배송 서비스는 신선 식품 시장을 크게 흔들었다. 한 업체에서 고유 명사로 사용하던 새벽 배송은 이제 스카치테이프처럼 보통 명사화되었다. 시장을 주름잡았던 택배의 만 하루 벽이 깨진 것이다. 로켓까지 배송에 동원되기 시작하더

니, 그 빠름이 어디까지 가속될지 짐작조차 되지 않는다.

새벽 배송은 단순히 배송 시간이 단축되었다는 것 이상의 의미를 담고 있다. 소비자, 특히 1인 가구와 맞벌이 가정에서 그동안 가장 원했던 것은 단순히 빠른 배송이 아닌 내가 원하는 시간(새벽, 혹은 늦은 밤)에 물건을 배송받는 것이었다. 특히 신선 식품의 배송 시간은 중요했다. 출근 전 도착한 신선 식품을 냉장고에 넣고 하루를 시작할 수 있다는 것은 우리 삶에 큰 변화를 가져왔다. 주말마다 대형 마트에서 장을 보는 소비 패턴도 크게 변화했다. 이제 우리는 한 번에 왕창 장을 볼 필요가 없다. 과거보다 조금씩 더 자주 주문한다. 도로를 활보하는 물류 차량이 배출하는 이산화탄소가 더 늘었지만 편리함 앞에 환경에 대한 고민은 무기력하다.

"물류 혁명은 단지 '배송이 빨라졌다'에 그치는 것이 아니라 경제 전반에 영향을 미친다. 미국에서는 전자상거래에 밀려 전통적 오프라인 업체들이 쪼그라드는 현상을 '아마존 효과'라고 부른다(《노동에 대해 말하지 않는 것들》, 전혜원 지음)."

자연스레 오프라인 매장의 손님이 줄었다. 롯데마트가 가장 먼저 몸집을 줄이기 시작했고, 오프라인

작고 단단한 마음,

유통 시장의 영원한 강자로 군림할 것 같던 이마트도 2024년 결국 구조 조정에 들어갔다. 대형 마트들은 서둘러 새벽 배송에 뛰어들었다.

이마트는 2016년에 '새벽 딸기'를 내놓았다. 이마트 보도 자료에 따르면 새벽 딸기는 '새벽 3시부터 수확한 딸기를 당일 오전까지 점포로 배송하는 시스템이다. 기존에는 오전에 수확한 딸기를 물류 센터로 입고한 뒤 상품 선별과 포장 등의 과정을 거쳐 점포로 배송했으나 새벽 딸기는 중간 단계를 줄여서 신선도를 높인 게 특징'이라고 설명한다. 2024년을 기준으로 롯데마트를 비롯한 많은 유통업체에서 '새벽 딸기'라는 동일한 이름으로 초신선 딸기 전쟁에 돌입하고 있다.

이마트의 새벽 딸기는 크게 두 가지를 바꾸어놓았다. 기존에 물류 센터에서 하던 포장 작업을 생산 농가에서 직접 한다는 점, 그리고 새벽이라고 부르기에 민망한 오밤중에 농민들이 수확 작업에 투입된다는 점이다. 야간 노동은 산업화 시대 고도 성장기에 흔했지만, 사회가 발전하며 특수 직종을 제외하고는 점차 사라져왔다. 그런데 새벽 딸기는 야간 노동이 없으면 탄생 자체가 불가능한 상품이다. 농촌에서 내국인 노동자가 사라진 건 이미 오래고, 지금은 이주 노동자가 없으면 돌아가지 않는다. 결국 가장 힘들고 험한 작업은 농촌에서도 역시 이주 노동자들의 몫이고, 야간 노동의 주체 역시 이들이 될 수밖에 없다.

몇 시간 더 빨리 딸기를 배송하는 게 신선도에 그렇게 큰 영향을 미칠까? 물론 일부 영향이 있겠지만 내 경험상 획기적이라 할 만큼은 아니다. '초신선 마케팅'을 통한 매출 증대를 위해 농민과 노동자들의 야간 수면권을 사뿐히 뺏어간 그들은 얼마나 더 많은 이익을 얻었을까? 새벽 딸기를 먹은 소비자는 과연 더 건강해지거나 더 행복해졌을까?

야간 노동이 생체 리듬을 깨뜨려 건강에 해롭다는 건 공인된 사실이다. 국제암연구소*IARC*는 2019년 야간 노동을 발암 물질 두 번째 단계인 2A군으로 정했다. 택배 노동자, 쿠팡 노동자들의 과로사와 사고사 소식이 끊이지 않고 들려온다. 새벽 배송의 등장은 야간 노동의 공공연한 부활을 선언하는 듯했다. 강혜인, 허환주가 쓴 《라이더가 출발했습니다》에는 이런 대목이 나온다.

"우리가 누리는 낮은 가격과 편리의 이면에는 누군가의 노동을 부당한 값으로 거래하는 '불의'가 자리

작고 단단한 마음,

하고 있는 것이다."

누군가의 아침을 열기 위해서는 누군가의 밤이 있기 마련이다.

그렇다면 공씨아저씨네는 어떠한가? 우리 같은 소규모 온라인 업체가 사용할 수 있는 배송 수단은 택배가 유일하다. 택배가 없으면 먹고살 방법이 사라질 정도로 택배는 신과 같은 절대적 존재다. 실제로 2020년 택배 노조 총파업 때 물류가 마비되었고 장사를 중단할 수밖에 없었다. 코로나 시기에는 물류 센터나 지역 대리점에 확진자가 발생해서 해당 지역 배송이 아예 막혔던 상황이 하루가 멀다 하고 일어났다. 계약한 택배사 이외에 다수의 택배사를 함께 이용하여 돌려막기식으로 배송하기도 했다.

중과부적衆寡不敵이라는 말이 있다. 새벽 배송이 기본값이 되면 공씨아저씨네와 같은 영세 상인들의 매출은 타격을 입을 수밖에 없다. 대형 마트 옆의 구멍가게는 당연히 힘들다. 전자상거래라고 예외는 아니다. 이 사태 앞에서 나는 지금의 형태로 장사할 수 있는 공씨아저씨네의 유효 기간이 조금 더 줄어들겠구나 싶었다.

그리고 이제 다시는 새벽 배송이 없는 이전 시대로 돌아갈 수 없음을 직감했다. 그건 마치 일회용품이 없는 시대로 돌아가는 것과 마찬가지다.

공씨아저씨네가 판매하는 모든 과일은 농장에서 직접 출고한다. 직거래의 변형된 형태인데, 주문을 받아 생산지에 주소를 넘기면, 농가에서 수확 및 포장을 해서 택배 출고하는 방식이다. 규모가 큰 대형 농장은 택배사로부터 송장 출력기를 지원받아 농장에서 직접 송장을 출력하는 경우도 있지만 우리 협력 농가와 같은 소농들은 주로 지역 택배사 대리점에서 송장 출력을 도와준다. 특히 컴퓨터에 익숙하지 않은 농민과 거래할 때는 지역 택배 대리점의 도움이 절대적이다. 그래서 내 휴대폰에는 협력 농가의 택배 대리점 소장님들의 전화번호가 가득하다. 숨은 조력자들이다.

택배 외에 다른 선택지가 없지만 속도에 대한 압박에서 완전히 벗어날 수는 없다. 새벽 배송, 로켓배송과의 치열한 경쟁 속에서 그나마 할 수 있는 최선은 매일매일 출고하는 것이다. 이러한 퀵커머스 시대에 공씨아저씨네는 주 2회 출고를 기본으로 한다. 신선도의 문제 때문에 매일 수확해야 하는 늦은 봄과 여름철 몇 개의 과일을 제외하고 말이다. 다분히 시대적 흐름을 거스르는 늦장커머스다. 상당한 모험이기도 했지만 나는 고집했다. 배송 횟수를 늘리면 당연히 매출은 늘어난다. 하지만 지금의 방식을 바꿀 생각은 없다.

배송 시스템에 불만족과 불편함을 토로하며 이탈한 회원이 적지 않았다. 오늘 주문하면 내일 도착하는 것은 기본이고 남들보다 조금이라도 더 특별하게 배송해야 살아남는 시대에서 당연히 불만이 있을 수밖에 없다. '도대체 언제 배송이 되느냐'는 문의에 답변하는 게 하루 일과의 대부분이었던 시기도 있었다. 지금의 예약 주문 방식이 자리잡게 된 데에는 이런 영향도 무시할 수 없다.

물론 매일 배송하는 것이 불가능하진 않다. 그렇게 하는 농가와 유통사가 있다. 그럼에도 내가 주 2회 배송을 고집하는 이유는 농민에게 인간다운 삶을 보장하고 싶어서다. 농사일은 주말 없이, 휴일 없이 모든 날이 일하는 날이라는 말이 있을 정도로 손이 많이 간다. 오로지 비 오는 날이 쉬는 날이다. 지역의 농업 교육 기관이나 지자체에서는 농가의 소득을 올리는 방법으로 농가 직거래를 권장한다. 이를 위해 SNS 교육, 온라인 판매 교육, 심지어 라이브 커머스 교육까지 개설하여 농사일로도 충분히 바쁘고 힘든 농민을 괴롭힌다. 생존 경쟁에서 살아남기 위해 젊은 세대에게 끊임없는 자기 계발을 요구하는 이 사회의 무언의 압박을 농촌의 농민들도 받고 있다.

사업 초기에 과일만 팔아서 먹고살기 힘들어 농촌 지역을 돌아다니며 SNS 마케팅과 사진 강연을 했다. 딱 2년하고 나서 그만두었다. 강사비 받고 떠든 말들이 농민들에게 실질적으로 도움이 되는 일인지 확신할 수 없었다. 그리고 직거래가 농민들에게 약간의 경제적 도움을 가져다 줄지는 모르겠지만 삶의 질은 오히려 낮아지는 것 같아 강한 회의가 들었다.

나는 기본적으로 농가 직거래를 반대하는 입장이다. 농가 직거래를 권장하는 사람은 유통 마진을 고려하지 않아도 되니까 직거래가 좀 더 나은 수익을 얻을 수 있다는 희망 논리를 편다. 그런데 그 일을 하기 위해 늘어나는 노동 시간과 노동 강도에 대해서는 이야기하지 않는다. 그저 당연히 감수해야 하는 부수적인 것쯤으로 치부한다.

작고 단단한 마음,

농가 직거래의 모든 노동의 주체는 농민이다. 수확, 선별, 판매, 포장, 배송, C/S까지 모두 농민이 직접 해야 한다. 인력을 고용하면 일부 짐은 덜겠지만 맡길 수 있는 일의 한계가 명확하고 인건비를 제하면 남는 게 없는 것이 농가의 현실이다. 즉, 농민에게 직거래는 직장인 기준으로 현장 근무와 사무직 업무를 동시에 수행하면서 퇴근 이후에도 집에서 일하라는 말이다. 심지어 낮 시간에는 고된 농사일에 판매 업무까지 함께해야 한다. 손님들 전화 받느라 흙 묻은 장갑 한 번 벗었다 다시 끼는 일이 얼마나 번거롭고 작업 능률을 떨어뜨리는 일인지, 안 해본 사람은 모른다.

네이버 스마트스토어를 비롯하여 그 어느 때보다 직접 판매가 쉽고 편리해진 시대지만 이 역시 청년 농민(농촌에서는 50대도 청년에 속한다)들에게 해당하는 얘기일 뿐, 다수의 고령 농민들에게는 쉽게 다가설 수 없는 장애물이다.

물론 직거래가 성향에 맞는 농민도 있다. 컴퓨터를 다루는 데 능하고 손님을 직접 상대하는 것을 즐거워하며 본인의 브랜드를 키우고 싶은 사람에게는 직거래가 훌륭한 대안이 될 수 있다. 성공 사례도 존재한다. 그러나 그런 농민은 소수다. 정원은 극소수로 정해져 있는데 누구나 노력하면 모두 서울대에 갈 수 있다는 말로 꾀어 전국의 수많은 수험생들을 희망 고문시키는 입시제도와 무엇이 다른가? 진정으로 교육 개혁을 원한다면 대학의 서열화를 없애고 수능부터 없애는 게 우선이듯 농민에게 직거래를 권하기에 앞서 그들의 생계를 보장할 수 있도록 농산물 유통 구조를 개선하는 것이 먼저다. 희박한 가능성을 가지고 누구나 부농이 될 수 있다고 농민을 현혹하는 일은 너무 가혹하다.

택배 작업은 주문 건수가 적으면 적을수록 일의 효율성이 떨어진다. 매일 배송하기 위해서는 한 건의 주문이 들어와도 밭에 가서 수확하고 포장하고 택배를 부쳐야 한다. 하루에 몰아서 일을 하고 싶어도 배송 지연 컴플레인이 기다리고 있다 보니 비효율적인 노동을 반복해야 한다. 사정이 이러니 매일 택배 작업을 하는 농가들은 택배의 노예가 된다.

그래서 협력 농가에 내가 먼저 제안했다. 일주일에 두 번만 작업해서 출고하자고. 그래야 농민이 농사일에 더 집중할 수 있고 효율적으로 시간을 쓸 수 있다. 내가 다 팔 테니 걱정마시고 직거래에 투자할 시간에 차

작고 단단한 마음,

라리 푹 쉬시라고 말씀드린다. 농사는 농민의 노동을 전제로 한다. 내일을 위해 일할 에너지를 충전하는 것이 더 좋은 농산물을 생산하는 데 있어 기본이다.

농민의 본업은 무엇인가? 농사의 본질은? 잘 팔기에 앞서 농사를 잘 짓는 게 먼저다. 맛없는 과일도 마케팅만 잘하면 잘 팔 수 있다는 생각은 소비자에 대한 기만이며, 농민 스스로 자존심을 내던지는 일이다. 본질보다는 온갖 홍보와 마케팅의 전술로 농민을 무장시키는 지자체와 농업 교육 기관의 교육 커리큘럼이 달라지기를 희망한다. 농민의 삶의 질을 향상시키고자 하는 본질적인 고민이 먼저다. 무엇이 진정 농민을 위한 일인지 기본부터 다시 생각했으면 한다. 노동자의 권리에 대해서는 그나마 많은 사회적 논의가 있지만 (아직 턱없이 부족하지만) 농민의 삶에는 아무도 관심이 없다. 나라도 그들을 사람대접하고 싶었다.

맛있는 과일을 계속 먹기 위해서는 과일 농사를 짓는 농민의 존재가 먼저다. 그러자면 그들이 건강해야 하고 삶의 질이 담보되어야 한다. 농업 현장의 시간표대로 수확하고 배송하는 것이 우리가 더 맛있는 과일을 오래 먹을 수 있는 가장 합리적인 방법이라고 생각한다.

손님 입장에서는 공씨아저씨네에서 과일을 시키면 며칠씩, 심지어 주문 타이밍과 배송 날짜가 잘 안 맞으면 일주일 가까이 기다리는 일도 다반사다. 다분히 불편하고 불만족스러운 방식이다. 하지만 이 방법만이 소농들이 지속 가능한 농업을 이어갈 수 있는 건강한 방식이라고 판단했다. 공씨아저씨네 회원은 이러한 늦장 커머스를 견디어냈다. 그걸 왜 소비자가 감당해야 하냐고 묻는다면 "다 같이 살기 위해서요"라고 답하고 싶다.

물류 노동자의 건강을 담보로 한 야간 노동의 결과로 매일 아침 문만 열면 신선 식품을 받아보지만 우리는 이 물건이 집 앞에 오기까지의 과정을 자세히 알지 못한다. 어쩌면 관심이 없는 것일지도, 외면하고 싶은 것일지도 모른다. 또는 물건을 사면서 지불한 돈 안에 모든 비용이 포함되어 있으니 상관없다 여길 수도 있다. 자본주의의 근간인 등가 교환의 법칙은 이런 소비 논리를 합리적인 것이라 인식하게 한다. 그것이 약탈과 착취의 역사로 쌓아 올린 것임에도 말이다.

"쿠팡을 바라보는 시선은 양면적이다. '역시 혁신 기업이다' 아니면 '저게 무슨 혁신이냐, 사람 갈아 넣

작고 단단한 마음,

는 거지.' 그러나 거의 모든 문제가 그렇듯이, 빛과 어둠이 둘 다 있다. 그러므로 대상을 단순화하기 전에 던져야 할 질문은 이것이다. 로켓배송은 어떻게 가능할까? '물류 혁명'이 우리 시대 일자리에 주는 함의는 무엇일까?(《노동에 대해 말하지 않는 것들》, 전혜원 지음)"

2025년 1월 5일부터 CJ대한통운이 주 7일 배송을 시작했다. 모 일간지에서는 '쿠팡의 유일한 대항마'라는 헤드라인으로 기사를 뽑았다. 또 얼마나 많은 노동자들의 과로사 소식이 들려올까….

'소금꽃 나무.' 노동자를 비유한 말들 중에 이보다 아름다운 표현이 있을까? 한진중공업 노동자 김진숙의 말이다. 땀으로 흠뻑 젖은 노동자의 옷이 서서히 마르면서 드러나는 하얀 얼룩을, 그는 동명의 책에서 '소금꽃을 피우며 서 있는 나무들'이라 표현했다. 빠름의 시대. 세상은 좋아졌다고 말할 수 있는가? 소비자의 편리를 위해 열악한 환경에서 일하는 수많은 '소금꽃 나무'의 삶도 좋아졌다면 나는 새벽 배송과 로켓배송에 반대할 생각은 없다. 기억해야 한다. 농민도 노동자고, 노동자도 소비자다.

우리 함께 살자.

농민의 뒷것

**'보이지 않는 존재',
농민에 대하여**

2020년 3월, 온 지구촌이 코로나로 멈췄다. 모두가 처음 겪는 일이었기에 낯섦과 두려움으로 가득했고 무엇을 어떻게 해야 할지 몰랐다. 상황은 점점 악화되었고 좋아질 기미는 보이지 않았다. 초·중·고 개학은 또다시 연기됐다. 온라인 수업과 재택근무가 일상이 될 거라고 누구도 상상하지 못했다.

코로나가 던진 폭탄이 농업계에서는 학교 급식

작고 단단한 마음,

에서 제일 먼저 터졌다. 갑작스런 개학 연기에 따라 급식 계약 농가들이 타격을 입었다. 특히 친환경(유기농, 무농약 인증) 농가들의 피해가 컸다. 학교 급식은 친환경 농산물의 주요 납품처로 친환경 농업인이 안정적으로 농업을 이어가는 데 중추적인 역할을 한다. 갈 곳 잃은 농산물들이 공중에 붕 떴다. 한 번도 겪어보지 못한 재난에 뾰족한 수를 찾지 못하고 허둥대고 있었다. 이후로도 팬데믹 내내 학교 급식 농가들의 고통은 멈추지 않고 계속되었다.

학교 급식 농산물을 소진시키려는 여러 시도가 나왔다. 자연재해 등 불가항력으로 농가가 피해를 입거나 잉여 농산물이 발생하면 가장 먼저 등장하는 고전적인 레퍼토리가 있다. 바로 '농가 돕기'다. 신선도가 생명인 농산물을 단기간에 소비하는 방법으로 이보다 효과적인 것도 없다. SNS가 일상화된 지금 인플루언서들의 힘을 빌리면 그 효과는 극대화된다. 당시 경기도지사(이재명)와 강원도지사(최문순)는 본인의 SNS 계정으로 이 일을 공론화시켰고 농산물을 소비할 수 있는 창구를 만들었다. 이재명 도지사는 경기도 학교 급식 친환경 농산물을 꾸러미로 만들어 판매했고, 최문순 도지사는 강원도 특산품인 감자 판매에 나섰다. 주문 폭주, 완판 등의 기사가 쏟아졌다.

그런데 농가 돕기가 급한 불을 끄는 손쉬운 임시방편이 될지는 모르지만 근본적인 해결책은 되지 못한다. 이런 판매 방식에는 가격 할인이 뒤따르기 때문이다. 그래서 완판이 꼭 득이 되는 것은 아니다. 정작 농민은 생산비도 건지지 못하는 기막힌 일이 발생하기도 한다. 말은 농가 돕기인데 농민들이 얻은 것은 그저 농산물을 버리지 않아도 되었을 뿐, 경제적 이득은 없거나 오히려 손해인 경우도 다반사다.

공씨아저씨네는 아주 특별한 경우가 아니고서야 할인하지 않는다. 거창하게 말하면 '노세일 상점'이다. 미리 주문받는 예약 판매를 도입한 것도 가격 인하 없이 농민의 안정적인 수익을 담보하기 위함이다. 어느 유기농 농민이 내게 이런 말을 한 적이 있다.

"농사만 짓고는 저희 가족 먹고살기 어렵다고 분명하게 말씀드립니다."

농업 외에 부수적인 일을 하지 않고는 생계를 이을 수 없으니, 농사에 조금 소홀해도 양해해달라는 이야기였다. 그러나 마지막에 이런 말도 덧붙였다.

작고 단단한 마음,

"저는 농사만 지으면서 먹고살고 싶습니다."

농사에 합당한 금전적 대우는 어떤 상황에서도 깨고 싶지 않은 원칙이다. 농가 돕기가 그나마 유의미하기 위해서는 할인 없이 판매를 진행해야 맞다. 그러나 할인 없는 농가 돕기는 아쉽지만 여태껏 본 적이 없다. 판매 주체가 '좋은 일' 했다는 생색내기에는 더할 나위 없지만 허울뿐인 농가 돕기의 실상은 '농가 죽이기'다.

우려했던 대로 그해 학사 운영은 겨울까지 정상화되지 못했고 학교 급식 파행은 계속되었다. 12월이 되고 방학을 얼마 남기지 않은 시점이 되자 친환경 감귤이 시장의 변수로 등장했다. 학교 급식으로 납품하는 친환경 감귤 농가들끼리 살길을 도모하고자 뭉친 것이다. 감귤 가격을 낮춰서 일반 시장으로 출하를 감행했다. 이때도 농가 돕기를 전면에 내세웠다.

물론 가장 답답한 건 농민들이겠지만 가격을 던지는 것이 해결책이 될 수 없다는 것은 모두 잘 알고 있었다. 학교 급식용 친환경 감귤은 어떻게 해서든지 학생들에게 전달할 수 있는 방법을 찾아야 했다. 하지만 공공 영역이 제 역할을 하지 못하자 그 물량이 고스란히 민간 영역으로 흘러나왔다. 학생들이 먹어야 할 친환경 감귤을 일반 소비자들이 싼값에 소비하는 방식은 잘못됐다. 이미 전반기에 똑같은 문제를 겪었지만 개선되지 않았다.

농가 돕기라는 간판을 내걸고 있지만 무엇이 농민을 돕는 것이고 무엇이 농민을 위하는 일인지 나는 여전히 잘 모르겠다. '농가 돕기' 워딩을 제발 더는 보지 않기를 소망했지만 변형된 다양한 형태로 여전히 시장에 존재한다. 안타깝게도 농민 스스로 사용하기도 하고, 일부 유통사들은 마케팅 수단으로 삼아 지속적으로 악용한다. 포털에서 '농가 돕기'라는 키워드로 검색해보면 실제 농가 돕기와는 전혀 무관한 농산물들이 농가 돕기라는 이름하에 판매되는 모습을 어렵지 않게 확인할 수 있다. 나쁜 방법은 언제나 제일 먼저 시장에 퍼지고 학습된다.

농가 돕기 문제의 본질은 공공 영역의 책임을 개인에게 떠넘기는 프레임에 있다. 마치 기후 위기를 해결하기 위한 방법으로 채식을 강요하는 사회적 분위기를 만드는 것과 다르지 않다. 기후 위기의 주범은 화석 연

작고 단단한 마음,

료 사용 관련 기업들, 이들과 이해관계로 얽혀 있는 권력자들, 주로 북반구의 선진국이다. 그린워싱(위장환경주의)으로 문제 해결을 저소득 국가와 평범한 시민들에게 전가해서는 안 되는 것처럼 팬데믹으로 갈 곳을 잃은 친환경 농산물의 소비 책임을 농민과 소비자가 짊어져서는 안 된다. 정책을 만들고 시행하는 정부에서 책임져야 마땅하다. 농가 돕기라는 그럴듯한 이름으로 선동하여 개인에게 좋은 일을 한다는 착각에 빠지게 하는 것은 일종의 사기다. 국가의 책임을 외부화하여 개인에게 떠넘기며 교묘하게 빠져나가는 그들의 꼼수를 그냥 지켜봐줄 수 없다.

　　물론 사회적으로 어려운 시기를 시민의 연대와 협력으로 함께 이겨나가는 것은 성숙한 시민 사회의 힘이기도 하다. 농가에 도움이 되고자 하는 선한 의지로써의 소비나 채식 등의 작은 실천이 의미 없다고 말하는 것이 결코 아니다. 다만 책임져야 할 주체를 명확히 규정할 필요가 있다. 우리에게 필요한 것은 사고가 터진 후에 위험을 사회화하여 사회 구성원들의 측은지심을 악용한 농가 돕기가 아니라, 비상 상황이 발생했을 때 문제를 원만하게 해결할 수 있는 준비된 정책과 제도다.

농가 돕기라는 말이 주는 폭력성에 대해 오래전부터 지적해왔다. 누가 누군가를 돕는 프레임은 보이지 않는 계급 관계(갑을 관계)를 만든다. 의도하지 않더라도 자연스럽게 농민이 불쌍한 '을'의 지위로 포지셔닝된다. 농민을 시혜와 동정의 대상으로 소비자의 머릿속에 각인시킨 데에는 농가 돕기가 한몫했다. 농민은 농사를 업으로 삼는 전문 직업인이며, 농업은 나라의 식량 주권을 담당하는 영역이다. 그리고 그 선봉에 농민이 서 있다. 농민이 존귀한 존재임을 쉽게 잊고 한낱 불쌍한 사람 취급하는 것이 늘 불쾌하다.

오늘날 농민은 우리에게 어떤 존재일까? 신분제 계급 사회를 벗어난 지 오래지만 아직 우리 사회에는 보이지 않는 계급이 존재한다. '무슨' 일을 하는지보다 '어디에서' 일하는지 타이틀을 더 중요하게 여기고, 같은 직장 내에서도 비정규직과 정규직 사이에 날을 세운다. 현재를 기준으로 사회의 보이지 않는 계급을 가시화한다면 농민은 어디쯤 위치하고 있을까?

동학 농민 혁명으로 신분 사회 질서가 무너지기 전까지 직업에 따라 사농공상士農工商의 계급이 존재했다. 도긴개긴이어도 이 시절의 농민은 서열상 상인보다 높았다. 천지가 개벽하여 이제 자본주의 사회에서의 '상'은 '사'를 뒤흔들 정도의 막강한 힘을 지닌다. 나라님도 대기업 총수의 눈치를 봐야 하는 시대 아닌가. 물론 재벌 같은 대문자 '상'일 때의 이야기다. 나 같은 구멍가게는 어림도 없다. '사농공상'의 순서를 굳이 재배치한다면 기준은 무엇이 될까? 연봉순? 자산액순? 천박한 자본주의식 사고다. 그렇지만 무엇을 기준으로 삼든 간에 한 가지는 분명해 보인다. '농'의 위치가 제일 아래에 있을 거라는 사실이다.

사람들의 기억 속에서 잊혔을지 모르지만 나에게는 어제 일처럼 또렷한 사건이 있다. 2015년 11월 14일 1차 민중총궐기에서 경찰이 시민들을 향해 쏜 물대포를 맞고 쓰러져 결국 사망에 이른 故백남기 농민 사망 사건. 박근혜는 2012년 대선 당시 80킬로그램(쌀 한 가마니) 기준 17만 원이던 쌀값을 21만 원으로 인상하겠다는 '쌀값 인상'을 공약으로 내걸었다. 밥 한 공기에 300원도 채 되지 않는 가격이었다. 하지만 공약은 지켜지지 않았고 쌀값은 계속 떨어졌다. 농민들은 대선 공약을 지키라는 그 한마디를 외치기 위해 농사를 팽개쳐가면서까지 아스

팔트 위에 섰다. 단지 그것뿐이었다.

그 나물에 그 밥이라더니, 20대 대통령이 가장 먼저 국회에서 거부권을 행사한 법안은 '양곡관리법'이 었다. 양곡관리법은 쌀이 초과 생산되거나 쌀값이 전년과 비교해 너무 떨어졌을 때 정부가 쌀을 의무적으로 매입하는 내용을 골자로 하고 있다. 2024년 12월 대통령 탄핵으로 직무 대행을 수행하던 국무총리마저도 양곡관리법 개정안에 또다시 거부권을 행사했다. 개정안은 쌀 한가마니에 20만 원, 박근혜 정권 때보다 더 낮은 금액이었지만 이를 보장하겠다는 대통령의 약속만을 믿고 농민들이 한 발 물러섰던 법안이었다. 그러나 농민들은 다시 한번 처참히 무시당했다.

많은 사람이 2017년 당시 정권 교체의 촉매제를 JTBC의 태블릿 보도로만 기억할지 모르지만, 촛불에 처음 불을 켠 것은 故백남기 농민을 쓰러뜨린 폭력 정권에 맞서 거리로 나온 이 땅의 농민들이었다. JTBC의 역사적인 보도가 있던 그날, 서울대학교병원 장례식장에서는 부검으로 사망 원인을 조작하기 위해 故백남기 농민의 시신을 탈취하려는 경찰과 이를 막기 위한 시민 간의 일촉즉발의 대치 상황이 이어지고 있었다. 밤새 장례식장을 지키고 인간 바리케이트의 선봉에 있었던 이들 역시 농민들이었다. 그러나 최순실에 묻혀 주요 레거시 미디어에서조차 보도되지 않았다. 농민이 한국 사회 어디에 위치하고 있는지를 단적으로 보여준다.

"인터뷰이가 될 수 있는 사람과 못 되는 사람의 구분은 자기표현 능력이 아니었다. 사회적 관계의 여부다. 보이는 존재인가, 보이지 않는 존재인가. 관계의 끈이 없으면 자기를 규정할 수도 없고 존재가 드러날 수도 없다."

은유 작가의 《글쓰기의 최전선》 속 문장을 읽으며 '보이지 않는 존재'라는 문구가 볼드체로 눈에 들어왔다. 농민이야말로 이 시대의 보이지 않는 존재라는 생각이 들었다. 농민이 늘 불쌍한 존재로 비춰지는 것은 우리 사회가 보이는 존재로서의 농민의 사회적 관계를 차단했기 때문은 아니었을까?

공씨아저씨네 사이트 상품 페이지는 농민를 일선에 두고 다큐멘터리처럼 농민의 이야기를 구성한다. 과일을 홍보할 때도 가게 이름이 전면에 나서지 않게 한다. 소비자의 머릿속에 '공씨아저씨네'보다 '농민의 이름'이 먼저 기억되었으면 한다. 극단 학전을 운영했던 故김민기 선생은 배우들은 '앞것', 스태프들은 '뒷것'이라고 스스로를 낮춰 말했다고 한다. 비하가 아닌 겸손의 의미이기에 거북하지 않았고 오히려 뒷것이라는 말이 주는 묵직함이 참 좋았다. 뒷것. 공씨아저씨네는 농민의 뒷것이 되고 싶다.

팬데믹 시기 가족 모두가 확진 판정을 받아 자가격리 중일 때 서울 인사동에서 친환경 한식 레스토랑을 운영하는 평소 친분이 있던 사장님이 맛난 밥이라도 먹으라며 집으로 도시락을 보내주었다. 도시락 포장 띠에 이런 문구들이 크게 인쇄가 되어 있었다.

"강원도 철원 생명 역동 농법 유기농 백미, 전남 장성 자연 재배 유기농 현미, 충남 아산 유기농 동물복지 인증 한우, 무항생제 동물복지 유정란, 무농약 우리밀, 무농약 우리 콩 두부, 강원도 정선 참기름, 들기름, 생들기름, 경북 김천 데미샘 전통 고추장, 충북 보은 아미산 쑥티 전통 된장, 경남 거창 옹기뜸골 전통 간장."

재료 하나하나 빼놓지 않고 꼼꼼하게 표기를 해 놓은 것은 뽐내기 위함이 아닌 좋은 음식은 좋은 재료에서 나온다는 기본을 강조하고 싶은 마음일 터다. 아울러 농산물을 재배한 농민을 귀하게 여기는 존중의 마음으로 읽혔다. 오늘도 밥상에 올라와 우리의 생명을 이어가게끔 해주는 여러 농산물 뒤에 보이지 않는 존재들이 있다. 그 이름은 농민이다.

2장

나의 동지

나에게 복숭아는
양영학이다

한 품목
한 농가라는 원칙

2021년 봄. 서울역에서 기차를 타고 무거운 마음으로 경북 청도로 향했다. 평소 같으면 양영학 농민이 반가운 얼굴로 기차역으로 마중 나왔겠지만 그해는 그럴 수가 없었다. 시내버스 운행이 서울만큼 자주 있지 않은 농촌에서 버스를 타고 농장으로 가는 게 생각만큼 쉽지 않았다. 결국 버스를 코앞에서 놓치고 택시를 타고 마을로 들어갔다. 공동선별장 앞 큰길가에서 밭으로 가

작고 단단한 마음,

는 길을 참 좋아한다. 작은 트럭 하나 지나갈 수 있는 꼬불꼬불 좁은 길이지만 밭으로 향하는 설레는 마음을 온전히 누릴 수 있는 장소다. 양영학 농민이 나를 봤는지 저쪽에서 지팡이를 손에 쥐고 절뚝거리며 불편한 걸음을 옮기는 게 보였다.

코로나로 일상이 서서히 마비되고 있던 2020년의 봄, 출근길. 한 통의 전화가 걸려왔다. '양영학'이라는 이름 석 자가 진동과 함께 나를 부르고 있었다. 6월이라면 모를까, 3월에 오는 전화는 일반적이지 않았다. 불길한 기운이 감돌았다. 그의 음성이 평소와 달랐다. 어딘가 어눌하고 부정확한 발음, 힘없는 목소리. 뇌졸중으로 며칠 전 입원해서 올해 복숭아 판매가 힘들 것 같다며 미안하다 했다. 오래 통화할 수 없는 상황이란 걸 직감했다. 내가 다른 농가라도 찾으려면 최대한 빨리 연락을 해줘야 한다고 생각했는지 통화가 힘든 상황에서도 부러 전화했던 거다.

그 순간의 느낌이 아직 생생하다. '멘붕' 자체였다. 7년째 알고 지낸 농민의 갑작스러운 뇌졸중 소식에 마음이 무너져 내리면서, 동시에 작은 구멍가게에서 연 매출의 30퍼센트를 담당하는 대표 과일이 하루아침에 사라졌다는 사실이 믿기지 않았다. 무서웠다. 문을 닫을 수도 있겠다는 두려움이 엄습했다. 내년을 생각하는 건 사치였다. 당장 올해 생존 여부가 불투명했다. 무엇으로 부족한 매출을 메울 것인가.

　　내 경제 상황을 잘 아는 주변 사람들은 걱정했다. 서둘러 다른 농가를 알아보라고 이야기하는 동료도 있었다. 그렇지만 오랜 시간 동고동락해온 동지가 생사의 고비를 넘기고 있는데 혼자 살겠다고 도망갈 용기가 나에겐 없었다. 기다린다고 누가 알아주는 것도 아닌데 왜 미련하게 장사를 하냐며 답답하다는 말도 많이 들었다. 물론 나를 걱정해주는 마음은 안다. 그러나 그럴 수 없었다. 그렇게 복숭아 없는 쓸쓸한 여름을 맞이했다.

　　앞서 말했듯 우리 가게는 한 품목당 한 농가와 협력하며 과일을 판매한다. 농민과의 친밀하고 끈끈한 신뢰 관계가 강점이지만 이런 일이 닥쳤을 때 한 번에 휘청거릴 수 있는 취약한 구조적 한계도 동시에 가지고 있다. 농촌 고령화는 이미 오래전부터 진행된 일이지만 협력 농민의 건강상 이유로 일시에 과일 공급이 중단될

　　　　　作고 단단한 마음,

수 있다는 건 10년 가까이 장사하면서 생각해보지 않았다. '너무 안일하게 장사를 했구나' 반성했다. 오래 일하다 보면 돌아가시는 분도 보게 될 거라는 업계 선배들의 이야기가 떠올랐다. 당연히 그럴 수 있는 일이지만 인정하고 받아들이고 싶지 않은 마음이 컸다.

그렇다고 무턱대고 품목당 농가 수를 늘리는 것도 어려운 일이다. 일단 공씨아저씨네와 결이 맞아야 하며 기존 농가와 비슷한 품질의 과일을 생산하는 농민을 찾아야 하는데, 보통 어려운 일이 아니다. 사람의 입맛은 동시에 둘을 맛보면 반드시 우열을 매기게 되어 있다. 둘 다 맛있는 과일임에도 하나가 다른 하나보다 조금 더 낫다고 느낄 수밖에 없다. 그렇게 되면 둘 중 하나는 '다른 것'이 아닌 '못한 것'이 되어버리고 만다. 한 품목 N 농가 방식을 택했을 때 안고 갈 문제점이었다.

가게 규모면에서도 한 농가의 수확물 전량을 소화하는 것도 쉽지 않은데 혹시 모를 상황에 대비해 예비 농가를 만들어두었다가는 두 농가 모두에게 민폐를 끼칠 것임이 분명했다. 한 시즌 판매량이 일정한 상황에서 물량을 배분하게 되면 자연스럽게 한 농가와의 거래량은 절반 수준으로 줄어들 수밖에 없다. 기존 농가에도 미안한 일이고 신규 농가에도 믿음을 주기 어려운 상황이 연출된다. 지속 가능한 거래가 이루어지기 위해 유통인은 농민에게 판매량으로 신뢰를 주어야 한다.

양영학 농민의 소식을 듣고 아득했지만 섣불리 행동을 취할 수 없었다. 건강한 모습으로 돌아오실 거라는 믿음 하나로 1년을 기다렸다. 사실 이듬해에도 판매가 힘들 수 있다는 각오는 하고 있었다. 뇌졸중은 회복이 더디다는 이야기를 익히 들었기 때문이다. 회복된다고 해도 체력 소모가 큰 농사일을 계속 이어갈 수 있다는 보장도 없었다.

그렇게 2년 만에 다시 찾은 청도였다. 과일은 꽃에서 시작한다. 봄에 개화량을 보면 그해의 작황을 대략 예측할 수 있다. 복사꽃으로 가득 찬 복숭아 밭은 벚꽃이 즐비한 어느 거리보다 아름다운 장관이다. 과일장수만이 누릴 수 있는 작은 행복이기도 하다.

그간 자주 통화하며 농민의 안부를 물었다. 그해 봄의 농장 방문은 꽃보다는 양영학 농민의 건강을 살피려는 목적이 더 컸다. 본인의 아픈 모습을 보여주고 싶지 않았는지 그동안 병문안 한번 가겠다는 날 굳이 내

작고 단단한 마음,

려오지 말라며 못 오게 했다. 그리고 2년 만에 만난 것이다.

예전처럼 강건한 모습은 아니었지만 그나마 두 발을 땅에 딛고 만날 수 있음에 감사했다. 다행히 회복 속도가 굉장히 빠른 편이었고, 무엇보다 본인이 "내년에는 농사지어야죠"라는 말을 입버릇처럼 했다. 건강이라는 것이 뜻대로 회복되는 것은 아니지만 밭으로 돌아가겠다는 농민의 의지가 워낙 강했기에 믿고 기다렸다. 예전 같은 일상으로의 복귀까지는 시간이 좀 더 필요했지만 농민은 다시 복숭아밭에 나와 밭을 일구기 시작했다. 복숭아 농민은 복숭아밭에 있을 때가 가장 행복해 보였다. 수확을 시작하는 6월에는 지금보다 더 건강한 모습으로 뵙기를 기약하며 농장을 떠났다.

어김없이 여름이 왔고 복숭아는 열렸다. 6월에 내려갔을 때 농민은 한결 건강해 보였다. 올해는 수확이 가능할 것 같다고 했다. 서울로 돌아와 회원들에게 예약 주문을 알렸다. 주문을 받으면서도 걱정이 앞섰다. 아직 양영학 농민에게 수확의 고된 노동을 감당할 만한 체력은 없어 보였기 때문이다. 어지럼증에 운전도 쉽지 않아 택배를 부치러 우체국까지 가는 길도 걱정이었다.

첫 수확 날. 우려했던 일이 현실로 나타났다. 밭으로 돌아온 것만 해도 기적인데 아직 무리였다. 수확한 복숭아는 마흔두 박스, 그것이 전부였다. 그해의 첫 복숭아이자 마지막 복숭아가 되었다.

"힘들어서 도저히 못 하겠네요."

진짜 힘든 날 녹초가 되었을 때만 나오는 그런 목소리가 있다. 전화기 너머에서 들려오는 음성이 그랬다. 이미 9월 수확하는 복숭아 주문까지 받아놓은 상태였다. 그나마 재배 면적을 줄여서 전년에 비해 주문량이 많이 줄었다고는 하지만 1,500건이 넘는 적지 않은 양이었다. 회원들에게 이 소식을 어떻게 전해야 할지 아찔했다. 동시에 마흔두 박스의 복숭아를 어떻게 해야 할지 짧은 순간에 오만 가지 생각이 휘몰아치며 머릿속이 하얘졌다. 환불을 할 때 전체 취소보다 부분 취소가 훨씬 복잡하기에 그냥 배송하지 말까도 잠시 고민했다.

보통 하루에 150박스에서 200박스는 거뜬히 수확하는데 하루 온종일 수확한 복숭아가 고작 마흔두 박스. 어떻게든 해보려고 안간힘을 썼을 농민의 모습을 생각하니 이 복숭아는 회원들에게 꼭 전달해야만 했다.

작고 단단한 마음,

소식을 공씨아저씨네 SNS에 전했다. '청도로 농활대라도 소집해서 가야 되는 거 아니냐'는 회원의 댓글에 큰 위안을 받았다. 반면 '올해도 복숭아 못 먹게 되었다'는 짜증 섞인 댓글도 보았다. 사람 마음이라는 게 다 같지는 않다.

다음날 은행에 가서 1일 이체 한도를 상향 조정했다. 예약 주문으로 판매한 복숭아 대금은 그 사이 PG사로부터 정산이 완료되어 회사 통장으로 입금된 상태였다. 회원들의 결제 내역을 취소하기 위해서 이 금액을 다시 PG사에 토해내야 하는데 대량 건은 과정이 좀 복잡하고 까다롭다. 환불 파티는 며칠간 진행되었다.

여느 때처럼 복숭아 상태를 확인하기 위해 한 박스를 집으로 받았다. 박스를 여는데 향이 유독 달달했다. 복숭아 판매를 쉬는 동안 복숭아를 한번도 입에 대지 않았다. 업계 동료가 맛보라며 본인이 판매하는 복숭아 몇 개를 줬지만 무슨 똥고집이었는지 쳐다보지도 않았다. 그렇게 2년 만에 처음 입에 넣어보는 복숭아. 달콤했다. 알 수 없는 눈물이 흘렀다. 싱크대 앞에 서서 꾸역꾸역 복숭아 한 알을 입에 다 넣을 때까지 눈물이 멈추지 않았다. 평소 눈물이 많은 것도 아닌데 왜 주책맞게 눈물이 났을까? 이 복숭아를 다시는 못 먹게 될지도 모른다는 불안감이었는지, 아니면 양영학 농민의 처절한 사투에 대한 고맙고도 미안한 마음이었는지 아직도 잘 모르겠다.

손님들에게는 누구의 복숭아인지는 그다지 중요하지 않을 수 있다. 공씨아저씨네에서 그저 맛있는 복숭아를 많이 판매해주기만을 바랄지도. 그러나 나에게는 맛있는 복숭아보다 '누구의' 복숭아냐가 더 중요하다. 얼굴 한번 본 적 없는 농민의 물건을 경매장에서 떼다가 파는 방식의 과일가게가 아니기에 오랜 기간 인연을 맺어온 농민의 1년 결실을 함께하는 것에 더 큰 의미와 보람을 느낀다.

일을 시작하고 초반에 가장 어려웠던 일은 협력 농민을 찾는 일이었다. 인맥도 경력도 미천한 나 같은 조무래기 과일장수와 거래하겠다는 농민은 당연히 많지 않았다. 2014년 지인의 소개로 양영학 마이스터를 만났다. 그는 나와 거래를 맺은 다섯 번째 농민이 되어주었다. 나는 초짜였지만 양영학 농민은 그 당시 국내에

몇 안 되는 복숭아 마이스터였다. 마이스터는 과일계의 올림픽 금메달리스트 같은 걸로 이해하면 된다. 다시 말해, 나에게 과분한 존재였다. 이미 규모가 제법 큰 오프라인 거래처도 있었고, 그의 복숭아를 공급받고 싶어 농장 앞에 트럭을 끌고 와 무작정 기다리는 업체도 있었다.

공씨아저씨네는 작은 과일가게라 얼마나 팔 수 있을지 장담하지 못한다고 조심스레 말했다. 농민은 특유의 경상도 말투로 시원하게 괜찮다고 답했다. 그때 뭘 믿고 나와 거래를 시작했는지 아직 이유를 물어보지 못했다. 농민들 중에는 한 해 판매해보고 판매량이 본인의 기대에 미치지 못했는지 이듬해부터 연락을 끊은 사람도 왕왕 있었다. 조금 서운했지만 원망하지 않았다. 잘 팔지 못한 내 잘못이었으니까.

그러나 양영학 농민은 아무것도 가진 것 없는 내 손을 잡아주었고 첫해 뚜렷한 성과를 올리지 못했음에도 아무 일 없었다는 듯 나를 대했다. 그리고 이듬해부터 복숭아는 거침없이 팔려나갔다. 그의 기다림과 인내 덕분이었다. 그런 그였기에 나는 기다릴 수 있었다. 아니, 기다려야만 했다.

다행히 다음해부터 복숭아 판매를 재개했다. 양영학 농민의 건강은 아직 예전만큼 회복되지는 않았다. 복숭아밭의 면적도 전보다 줄어 수확하는 양도, 판매하는 양도 많이 소박해졌다. 그래서 이제는 복숭아가 공씨아저씨네를 대표하는 시그니처 과일은 아니다. 하지만 여전히 나에게 복숭아는 양영학이다. 이 일을 그만둘 때까지.

좋은 사람들과 함께

협력 농가와
거래 맺는 기준

설상가상雪上加霜은 국어 교과서에서나 만나는 사자성어인 줄로만 알았지, 내 인생에서 마주할 줄은 차마 몰랐다. 2020년의 재앙은 복숭아에서 끝나지 않았다. 장사 초창기 때부터 한라봉, 천혜향, 레드향 등의 모든 만감류晚柑類를 책임졌던 고완유 농민에게도 거짓말처럼 같은 해 뇌출혈이 찾아왔다. 농사를 이어가기 쉽지 않을 것 같다며 미안하게 되었다고 연락이 왔다. 일종의

작고 단단한 마음,

은퇴 선언이었다. 복숭아 일시 정지 버튼을 누르자마자 서리가 내린 격이었다. 연이은 충격적인 소식에 비통함과 허탈감이 이루 말할 수 없었다. 덕분에 그동안 먹고 살 수 있었다고, 고생하셨다는 감사 인사를 드리며 고완유 농민과의 여정을 마무리했다. 양영학 농민의 복숭아를 참 좋아해 해마다 보냈는데 그해 여름은 복숭아마저 보내지 못한 것이 못내 가슴에 남는다.

고완유 농민을 처음 만난 건 2012년이었다. 농산물 꾸러미 사업을 하는 마을 기업에서 일하던 대학 선배의 소개로 인연이 닿아 공씨아저씨네의 만감류 시작을 함께한 가장 오래된 농민이다. 만감류는 감귤에 오렌지를 교배해 만든 감귤류를 총칭하는 말로, 한라봉, 천혜향, 레드향 등의 시트러스citrus류를 통칭하여 부르는 말이기도 하다. 우리나라에서는 감귤 수확 이후에 늦게 재배가 된다고 해서 늦을 만晩 자를 써서 만감류라 부르지만 사실상 지금은 설 명절에 맞춰 일찍 수확을 하는 게 일반적이라 본래의 의미가 퇴색되어 있다.

아무것도 모르던 장사 초창기 시절, 고완유 농민은 본인도 처음 농사지을 때 서울까지 올라와 트럭 끌고 다니면서 직접 과일을 팔았다며 열심히 하면 다 잘될 거라고 나를 격려해주었다. 그 말의 따뜻한 온기가 아직까지 남아 있다. 어느 해에는 땅도 알아봐주고 농사도 알려줄 테니 여기 제주도로 내려와 농사지으라 할 정도로 살갑게 대해주었다.

제주에서는 성별과 친족 관계의 벽을 허물고 가까이 지내는 어른을 '삼촌'이라 부르는데, 나에게 그는 진짜 삼촌이었다. 완유 삼촌 천혜향 밭에서 뛰어놀던 아이들의 어릴 적 사진을 보면 그 시절이 선명하게 떠오른다. 그래서 그의 빈자리는 더 컸다. 가게의 시작을 함께한 뿌리와도 같은 사람이었기에, 그의 은퇴는 공씨아저씨네가 송두리째 흔들리는 것처럼 느껴졌다.

믿을 수 없는 일은 계속 일어났다. 우리 가게의 첫 친환경 감귤 파트너였던 이레숲 농장의 송용혁 농민의 건강에도 문제가 생겼다. 원래 간이 좋지 않았는데, 이식 수술을 받아야 하는 상황까지 악화되어 더 이상 농사를 이어가기 힘들어졌다. 결국 이듬해 봄에 밭을 정리했다. 그렇게 2020년의 여름과 겨울이 통째로 사라졌다.

생계를 이어가기조차 힘들어 대출에 의존하던 굴곡의 시간도 있었지만 이번 위기는 시나리오에 없던

작고 단단한 마음,

일이라 타격이 매서웠다. 계산기를 두드려보니 복숭아까지 합쳐 그해 매출의 70퍼센트가 날아갈 상황이었다. 이번엔 정말 가게 문을 닫아야 할지 모른다는 위기감이 들었다. 복숭아는 일단 양영학 농민의 건강이 회복될 때까지 기다려보기로 마음먹었지만 만감류는 당장 새로운 농가를 찾아야 했다. 특히나 고완유 농민은 세 가지 종의 만감류를 모두 맡고 있었기에 품목별로 최대 세 명의 농민을 찾아야 하는 상황이었다.

　역경을 딛고 일어서는 반전의 감동 드라마는 없었다. 신규 농가를 찾는 일은 역시나 쉽지 않았다. 팬데믹이 절정일 때라 확진자는 연일 늘었고 제주도로 출장을 가는 것조차 어려웠다. 만약 출장 가서 확진 판정을 받고 자가 격리 조치라도 내려진다면 제주도에서 보름 이상을 머물러야 하는 상황까지 각오해야 했다.

　결국 제주 출장은 포기했다. 그러나 그건 핑계였는지도 모른다. 10년을 함께해온 농민과 이별하고 바로 다른 농가와 거래를 맺는 걸 내 마음이 거부하고 있었다. 팬데믹을 핑계 삼아 농가 찾기 어렵다고 툴툴거리고 있었지만 사실은 아직 그를 떠나보낼 마음의 준비가 덜 된 거였음을 고백한다.

사람의 성품과 도덕성을 무엇보다 중요하게 생각한다. 인간적으로 신뢰가 가지 않는 사람과는 같이 일하지 않는다. 할까 말까 고민이 되면 대개 안 하는 쪽을 택한다. 협력 농가를 정할 때도 제일 먼저 보는 것이 '사람'이다. 첫째도 둘째도 셋째도 사람이다. 무슨 도덕 시간도 아니고 비즈니스라는 전쟁터에서 그게 웬 말이냐고 할지 모르겠지만 일을 하다 보면 결국 일을 성사시키는 것도, 망치는 것도 다 사람의 성품임을 경험을 통해 배웠다.

과일은 정말 맛있는데 의문이 가는 농민과 과일 맛은 80점 정도지만 좋은 성품의 농민이 있다면 고민하지 않고 후자를 선택한다. 전자의 농민과 거래를 맺은 적도 있었다. 조금 꺼림칙했지만 믿을 만한 지인이 강력히 추천해서 진행했다. 문제가 발생하기까지 그리 많은 시간이 걸리지 않았다. 괜한 쓰디쓴 후회만 남긴 채 안녕을 고했다. 과일 맛을 80점에서 100점으로 만드는 것은 서로의 노력을 통해 가능하다. 하지만 사람의 성품은 바뀌지 않는다. 공씨아저씨네는 농민 한 명과 거래를 맺을 때 보통 10년을 생각한다. 그러다 보니 신중할 수밖에 없다.

작고 단단한 마음,

나는 잘하는 사람들과 함께 일하는 것보다 좋은 사람들과 함께 일하는 것이 더 중요한 사람이다. 당장의 매출보다 사람과의 관계가 더 소중하다. 예능 PD 나영석이 최근 연출한 프로그램의 제작 발표회를 본 적이 있다. 프로그램 기획을 먼저하고 기획 의도에 맞는 출연진을 섭외하는 방식이 아니라 함께 일하고 싶은 출연진들과 먼저 친분을 쌓고 성향을 파악한 후 출연진과 제작진 모두 재미있게 만들 수 있는 프로그램을 기획하는 식이다. 베테랑 연출자의 연륜에 감탄하며 내가 일하는 방식이 틀리지 않다는 자신감을 가질 수 있었다.

다행히 코로나로 온라인 매출이 증가하는 시대적 흐름의 덕을 보아 가게 폐업은 겨우 면했다. 하지만 이듬해에도 여전히 허우적거렸다. 복숭아는 계속 일시정지 상태였고 겨울은 어김없이 찾아왔다. 한 번에 모든 농가를 찾겠다는 부담을 버리고 한 농가라도 찾자고 목표를 수정했다.

신규 농가를 찾기 위해 먼저 자료 조사에 착수했다. 감귤은 유기농 감귤 농가를 우선순위에 두었고, 차선책으로 무농약 감귤 농가까지 후보에 넣었다. 제주도 내 친환경 인증 감귤 농가의 목록을 추려보니 총 456농가(2021년 당시), 이 중 유기농 인증 225농가, 무농약 인증 231농가였다. 찾고 있던 품종의 만감류는 무농약과 유기농을 합쳐 127농가밖에 되지 않았다. 감귤과 만감류 농사를 같이 짓는 농가 수를 고려하니 숫자는 더 줄었다. 새삼 친환경 농가들의 소중함을 느꼈다.

왜 그런 결심을 했는지 모르지만 그 순간 나는 고행의 길로 들어서고자 했다. 무엇인가 기존과 다른 새로운 환경을 만들어야만 고완유 농민과 심적으로 편히 이별할 수 있을 것 같았다. 그래서 이렇게 된 이상 만감류 농가 모두 친환경 라인업으로 만들겠다는 다소 무모한 계획을 세웠다.

타이벡 방식으로 재배하는 일반 관행 재배 감귤로 시작해서 박소영, 송용혁 농민의 친환경 감귤로 전환하게 된 결정적인 계기는 맛이었다. 친환경 감귤에는 화학 비료를 사용한 일반 재배로 키운 감귤에서는 느낄 수 없는 특유의 감칠맛이 있다. 게다가 산미도 더 좋다. 과일에서 산미와 감칠맛은 깊고 풍부한 맛을 내는 중요한 원료다. 맛을 따라 자연스럽게 친환경 감귤로 넘어왔다. 만감류도 친환경이면 좋겠다는 생각은 늘 하고 있었

작고 단단한 마음,

지만 수치로 명확하게 드러나듯이 농가 수가 절대적으로 부족해 도전할 생각조차 하지 못하고 있었다.

　　다시 친환경 인증 농가 리스트를 기반으로 검색을 시작했다. 온라인 거래처를 보유하고 있는지를 먼저 확인했다. 웬만한 친환경 농가들은 이미 생협이나 다른 온라인 납품처를 가지고 있었다.

　　아울러 품목별로 다른 농가를 찾으려 했다. 기존처럼 한 농가에 여러 품목을 의존하면 같은 일이 언제 또 생길지 모를 일이었다. 조건이 몇 개 더 있었다. 택배작업이 가능하고 이메일 정도는 주고받을 수 있어야 했다. 이것 저것 재고 나니 남은 농가는 하나도 없었다. 지푸라기라도 잡는 절박한 심정으로 SNS를 통해 농가를 공개 수배한다는 포스팅도 올려보고 여러 루트로 수소문도 했지만 이렇다 할 결실은 없었다.

　　검색 엔진은 할 수 없는, 사람의 관계로만 가능한 일들이 있다. 과거의 인연이 예상치 못한 새로운 현재를 만들기도 한다. 이레숲 송용혁 농민의 노력으로 친환경 농업 관련 단체 회장직을 맡고 있던 김효준 농민과 연이 닿았다. 일단 만나서 바짓가랑이라도 붙들고 삼고

초려하겠다는 마음으로 무작정 제주로 향했다. 김효준 농민은 친환경 한라봉 농사를 짓고 있었다. 내 사정을 들은 그는 함께하고는 싶지만 현재 맡고 있는 단체 일이 바빠서 택배 작업은 어려울 것 같다며 협회에 소속되어 있는 다른 농가 하나를 소개했다.

그곳이 현재 공씨아저씨네에서 판매하는 무농약 한라봉의 김종현 농민이다. 첫 만남부터 좋았다. 본인이 가진 것보다 과장해서 이야기하는 농민을 종종 만난다. 가격도, 물량도 전부 다 맞춰줄 수 있다고 호언장담하는 상인에 가까운 유형의 농민도 있고, 실제로 구두계약을 했음에도 막상 수확하고 판매할 때면 딴소리하는 농민도 있다.

반면 살갑지 않고 조금은 투박하지만 자신의 말을 반드시 지키는 농민이 있다. 중간 물류 없이 산지에서 선별과 포장까지 마무리하는 공씨아저씨네 판매 방식의 특성상 꼼꼼한 성격의 책임감 강한 농민이어야 마음을 놓을 수 있다. 샘플 개념으로 거래 전 받아보는 과일 상자만 열어봐도 농민의 성격이 보인다.

김종현 농민이 우리 과일 맛없다는 소리는 못 들어봤다고 수줍게 말했는데, 과일장수의 언어로 번역하면 되게 맛있다는 뜻이다. 그렇게 인연이 되어 만감류 중 한라봉이 제일 먼저 자리를 찾았다.

이듬해 겨울에는 제주도 내 친환경 농가들을 조직하고 농산물 유통을 돕는 사업단 대표를 맡고 있는 현동관 농민을 만났다. 코로나 시기에 학교 급식 파행으로 어려움을 겪은 친환경 농가들의 이야기를 들으며 서로에게 도움이 되는 관계로 발전할 수 있을 것 같아 협력 관계를 맺었다. 현동관 농민은 회원 농가를 함께 방문하며 농가 찾는 일을 적극적으로 도와주었다. 제주도는 외지인에 대한 경계가 다른 지역보다 심한 편이라 현지인 동행은 정말 큰 보탬이 됐다. 제주도에 진을 치고 4박 5일 동안 열 농가를 넘게 만났다.

새로운 과일 농가에 방문하면 제일 먼저 밭에 가서 땅을 밟아본다. 유기 농업을 지속해온 땅은 푹신하다. 그 밭에서 자란 농산물은 맛에서도 땅의 힘이 그대로 전해진다. 농사의 절반이 토양 관리라는 말은 틀리지 않다. 밭을 돌아다니며 땅의 감촉을 온몸으로 느끼고, 직접 과일을 먹어보고 나면 더 이상의 질문이 필요 없을 때도 있다. 그 안에 농민의 삶도 고스란히 느껴지기 때문이다.

토양 관리도 잘되어 있고 과일도 맛있었지만 고령의 농민이라 택배 작업이 불가능해 포기한 안타까운 경우도 있었고, "안녕하세요" 인사를 나눈 지 채 5초도 지나지 않아서 들은 첫마디가 "그래서 얼마까지 줄 수 있는데요?"인 농민도 있었다. 물론 이문을 남기는 것이 장사의 목적이고 100원이라도 더 받는 것이 협상의 기본이라지만 관계를 맺고 신뢰를 쌓기도 전에 돈 이야기부터 나오면 돈 문제로 잡음이 생기게 마련이다. 결국 첫 만남이 마지막 만남이 되었다.

인연이 꼬리를 이어 감사하게도 마치 오래전부터 알고 지낸 것처럼 마음이 맞는 세 명의 농민들을 만났다. 이렇게 유기농 감귤과 유기농 레드향, 유기농 천혜향 라인업이 마침내 구축되었다. 함께 호흡을 맞춘 지 3년째다. 아직 보완해야 할 부분도 개선할 것들도 많다. 서로 완벽한 호흡을 맞추기까지는 조금 더 시간이 필요할 것이다. 거치고, 견뎌내야 할 나만의 시간이다.

많은 사람이 오해하는 부분인데 나는 최고의 과일을 찾아다니지 않는다. 내가 좋아하고 존경할 수 있는 농민을 만나 그들과 함께할 뿐이다. 사실 그런 농민이 재배하는 과일은 대부분 좋다. 한 번 맺은 귀한 인연은 쉽게 놓지 않는다. 지금 곁에 있는 대부분의 농민은 내가 저 밑바닥에서 허우적대고 있을 때에도 초보 장사꾼을 무시하지 않았던 사람들이다. 이들보다 더 맛있는 과일을 재배하는 농민은 분명 존재할 것이다. 그러나 내게 소중한 건 지금 내 곁의 이 농민들이다. 공씨아저씨네 사이트 리뉴얼 당시 카테고리 순서를 정할 때 '가게 안내'나 '과일 이야기'보다 '농민 소개'를 맨 처음에 놓았던 이유이기도 하다. 농민이 있기에, 과일이 있고, 우리 가게도 존재한다. 회사보다, 과일보다 언제나 사람이 먼저다.

세상에서 가장
아름다운 사람

임영택 농민과의
귀한 인연

과일가게를 하면서 제일 판매하고 싶던 과일은 딸기였다. 그러나 쉽게 결정하지 못했다. 가장 큰 이유는 딸기의 제철에 관해 답을 내리지 못했기 때문이었다. 제철 과일만을 판매하는 과일가게를 표방하고 있지만 대부분의 과일이 노지 재배露地栽培에서 시설 재배로 넘어간 농업의 현실을 감안하면 제철의 의미는 실종된 지 오래다. 노지 재배 기준으로 보면 딸기의 제철은 5월이

작고 단단한 마음,

지만 하우스에서 재배하는 현실 세계의 딸기는 12월부터 나온다. 딸기의 품종과 재배의 역사에 대해 자료를 찾다 보니 딸기의 제철이 겨울로 변했음을 결국 인정할 수밖에 없었다.

딸기를 판매해보려고 여러 유기농 토경 재배 농가를 찾아다녔다. 마음에 들었던 농가도 있었다. 택배 배송을 위해 다양한 포장 방법으로 수차례 테스트했지만 밭에서 빛나는 보석 같던 딸기가 택배로 배송하니 흐물흐물 물러서 도착했다. 판매를 시작했을 때 예상되는 컴플레인을 감당해낼 자신이 없었다. 그래서 딸기는 택배로 팔 수 없는 과일로 스스로 규정하고 마음을 접었다.

그러던 2015년 겨울. 지인의 소개로 충남 홍성에서 유기농 딸기를 재배하는 세아유 농장의 임영택 농민을 만났다. 깡마른 체형에 부드러운 미소, 다부진 눈빛이 그의 첫인상이었다. 처음 만났을 때만 해도 딸기를 판매할 마음은 없었다. 소개한 사람의 입장을 생각해 일단 만나 보자라는 가벼운 마음이었고, 거듭 말하지만 이미 내 마음속에 딸기는 택배 금기 품목이었다.

딸기밭을 둘러보았다. 몇 농가의 딸기밭을 다녀봤지만 그의 딸기밭은 조금 달랐다. 하우스 한 동이 휑했다. 이랑과 이랑 사이 고랑 폭이 유독 넓었다. 저렇게하면 생산성이 안 나올 텐데 왜 저렇게 두었을까 의문이 생겼다.

임영택 농민은 어느 해인가 딸기 체험을 하러 온휠체어를 탄 학생이 좁은 고랑으로 다닐 수 없어 딸기한 알 직접 따지 못하는 모습을 보고 마음이 쓰여 그 학생과 휠체어가 다닐 수 있는 길을 만들어놓겠다는 약속을 했다고 한다. 그리고 상당한 수확량을 포기하고 두개의 이랑을 허물었다. 이듬해 학생은 다시 농장을 찾았고, 누군가에게는 평범할 수 있는 작은 행복을 비로소 누렸다.

임영택 농민의 낭만 가득한 성품에 홀딱 반해 절대 안 팔겠다고 다짐했던 딸기를 겁 없이 팔기로 했다. 나도 참 대책 없다. 농가 선정 시 세워놓은 기준도 일단첫눈에 농민에게 반하면 무용지물이다. 판매를 시작했고 배송 중 물러지는 문제는 당연히 발생했다. 모든 손해를 감수했다. 의욕이 넘치고 호기롭던 시절이었다.

회원들을 세아유 농장으로 초대해 딸기 밭에서

작고 단단한 마음,

임영택 농민이 들려주는 농사 이야기를 듣고 딸기도 직접 수확하는 프로그램을 두 해 동안 진행했다. 생산자와 소비자와 유통인이 한 자리에서 만나는, 머릿속으로만 그려왔던 진정한 농촌 체험이 현실이 되는 순간이었다.

세아유는 딸기 수확이 끝나면 방울토마토를 심는다. 방울토마토는 배송 중 파손 이슈 때문에 보통 스티로폼 박스에 담아 택배를 보낸다. 우리도 처음에는 그렇게 시작했다. 포장 쓰레기 문제로 무척 고민하던 시기였다. 임영택 농민은 포장 개선 작업을 함께할 농가 찾는 걸 어려워하는 내 모습을 보고는 본인이 동참하겠다며 오랫동안 사용하던 스티로폼 박스 대신 종이 박스를 새로 제작했다. 보통의 소농이 박스를 자체 제작하는 것은 이례적인 일이다. 스티로폼 박스는 기성 제품을 필요한 수량만큼만 사서 쓰면 되지만 종이 박스는 초기 제작 비용이 많이 들뿐더러, 최소 제작 수량이 있어 보관할 공간도 필요하다. 거기에 박스 제작에 들어가는 디자인 비용까지 발생한다.

박스 안에 어떠한 플라스틱 완충재도 넣지 않고 코팅도 하지 않은 새로 제작한 종이 박스 하나로만 포장하는 방식으로 방울토마토 배송을 시작했다. 한다면 하는 사람이었다. 다행히 문제는 없었다. 오히려 과도한 포장재 때문에 그동안 마음이 불편했던 회원들이 더 좋아했다.

　　방울토마토 재배 농가라면 공통적으로 가지고 있는 큰 고민거리가 하나 있다. 토마토 수확량이 늘 일정하지 않고 물량이 쏟아져 나오는 특정 시기가 어쩔 수 없이 발생한다는 점이다. 이럴 땐 생물로 전부 유통할 수 없어 항상 토마토가 남는다. 임영택 농민은 그 토마토로 주스를 만들고 싶어 했다. 가공품은 제작 단가 때문에 물량 베이스로 갈 수밖에 없는 품목이다. 소량 작업이 가능한 공장을 찾는 것도 어려울뿐더러, 만든다 해도 단가가 높아 시장에 나와 있는 대기업 상품에 견주어 가격 경쟁력을 갖기 어려운 구조다. 가공품은 농민에게 늘 어려운 숙제다. 그래서 농가에서 직접 가공품을 만들겠다고 하면 나는 대부분 말린다.

　　그러나 임영택 농민의 의지는 확고했다. 기성 제품과는 차별화된 '농민이 직접 만든 농민의 가공품'을 오래전부터 꿈꿔왔다. 토마토 원물이 가지고 있는 맛을 그대로 살리는 방식(저온 살균)의 작업 공정 설비를 갖춘 전국의 수많은 토마토 주스 공장을 직접 찾아다니며 테스트를 했다. 2020년 7월 드디어 시제품을 만들었고 나에게 맛을 보여줬다. 훌륭했다. 기성 제품과는 비교할 수 없는 압도적인 맛이었다.

나도 가만히 있을 수 없었다. 파우치 디자인 작업의 기획을 맡아 동참했다. 나는 과일장수지만 농민이 직접 하기 어려운 일을 함께 해나가는 일꾼이기도 하다. 여럿이 힘을 모아 좋은 결과물을 만들어내는 것은 보람되고 영광된 일이다. 이런 좋은 퀄리티의 주스를 그저 그런 상품으로 시장에 내놓고 싶지 않았다. 공씨아저씨네 리브랜딩 작업을 맡아주었던 조혜연 실장에게 연락했다. 선뜻 파우치와 박스 디자인을 맡아주었다. 이미 세 아유 방울토마토 박스 제작을 함께 진행한 경험이 있어서 쉽게 이야기를 풀어나갔고, 토마토 박스와의 디자인 일관성을 유지하기도 수월했다.

임영택, 김은애(아내) 농민과 함께 여러 차례 미팅을 갖고 포장 방식과 박스 형태, 그리고 디자인에 대해 고민하고 의논했다. 생협 유통과 학교 급식 납품까지 고려하여 파우치 타입을 결정하고 디자인 작업을 진행했다. 그렇게 세아유의 토마토 주스가 탄생했다. 물론 세아유의 토마토가 다했다. 그 후로 세아유의 토마토 주스는 토마토 수확이 끝나는 늦은 여름에 만날 수 있는 공씨아저씨네의 시그니처 상품으로 자리매김했다.

　　2022년 8월 3일은 그해의 첫 토마토 주스 출고가 예정되어 있던 평범한 날이었다. 오후에 갑자기 김은애 농민으로부터 전화가 왔다. 택배 다 부쳤다는 전화겠거니 여기며 받았다. 떨리고 다급한 목소리였다. 임영택 농민이 작업 중에 다쳐서 오늘 주스 출고를 못 할 것 같다는 말만 남기고 급히 전화를 끊었다. 저녁에 다시 연락이 왔는데 하우스 작업 중에 사다리에서 떨어지는 사고로 머리를 크게 다쳐 의식이 없다는 말을 추가로 남겼다. 그날 저녁에 응급 수술에 들어갔고, 병원에서는 마음의 준비를 하는 게 좋을 것 같다는 이야기를 전했다고 했다.

　　머리가 하얘졌다. 그날 오전까지도 웃으면서 통화했는데 믿어지지 않았다. 며칠이 지나도 마음이 진정되질 않았다. 그 와중에 김은애 농민은 배송이 늦어져서 미안하다고 중간에 연락을 한 번 더 주었다.

　　　　　　　작고 단단한 마음,

임영택 농민은 보름 동안 의식이 돌아오지 않은 채 중환자실에 홀로 누워 있었다. 가족들조차 면회가 되지 않는 코로나 상황 속에 얼굴이라도 한 번 보려면 연명 치료 중단 서약서에 서명해야 했다. 김은애 농민은 가족들과 상의 끝에 힘겨운 결정을 내렸고, 임영택 농민은 가족들과의 마지막 면회 이후 마음이 놓였는지 2022년 8월 19일 새벽 눈을 감았다.

운전대를 잡고 홍성으로 향했다. 하늘도 서러웠는지 가는 내내 앞이 보이지 않을 정도로 비가 쏟아졌다. 신기하게도 홍성에 진입하니 땅이 말라 있었다. 가는 동안 계속 생각했다. 무슨 말로 유가족을 위로해야 할지. 아무리 생각해도 어떤 말도 떠오르지 않았다. 영정 사진을 마주할 자신이 없어 빈소에 들어가기가 두려웠다.

떠나가신 그날 아침, 김은애 농민에게 연락이 왔다. 혹시 세아 아빠 사진 있냐고, 컴퓨터를 뒤져 예전 마르쉐 농부의 시장에 출점했을 때 찍은 사진을 찾았다. 웃고 있는 표정이 너무 좋아서 혹시나 하는 마음에 보냈는데 그 사진이 영정 사진이 되어 있었다. 너무 환하게 웃고 있어 순간 나도 모르게 인사를 건넬 뻔했다.

장례를 마치고 김은애 농민에게 문자가 왔다.

'애들 아빠에게 대표님은 동지셨습니다. 가슴 깊이 고맙습니다.'

동지라는 말에 가슴이 심하게 요동쳤다. 임영택 농민은 내가 가고자 하는 방향으로 늘 함께 걸어갔고, 나를 가장 많이 이해하고 배려해준 농민이다. 새로운 일에 도전하는 걸 좋아했고 끊임없이 연구했다. 집에서는 좋은 아들, 좋은 남편, 좋은 아버지였고, 지역에서는 궂은일에 앞장서며 자신보다 마을과 공동체를 먼저 챙겼다. 이 사람과 함께라면 평생 재밌고 신명 나게 과일장수를 할 수 있을 거라는 이야기를 입버릇처럼 했을 만큼 그는 나에게 커다란 기둥이었고 동료이자 스승이었다.

무엇이라도 하지 않으면 견딜 수 없을 것 같아서 홈페이지 첫 화면 사진을 생전에 임영택 농민이 딸기밭을 거닐던 뒷모습으로 변경했다. 나만의 방식으로 그를 추모하는 시간을 가졌다. 아직 그에게 마지막으로 보낸 카톡 메시지 옆에는 숫자 1이 그대로 남아 있다.

김은애 농민은 일상으로 돌아왔다. 토마토 농사는 임영택 농민의 동생과 함께 이어가기로 했다는 소식을 전해주었다. 나는 기다리겠다는 말을 남겼다. 늘 곁

에서 함께 농사짓던 김은애 농민이지만 임영택 농민
이 없으니 농사의 결과물도 달라졌다. 이듬해 농사는 잘
되지 않았다. 나는 김은애 농민이 농사를 이어가겠다고
결심한 순간 최소 3년은 기다리기로 이미 다짐했었다.
2024년이 2년, 올해가 3년째다. 난 아직 새로운 방울토
마토 농민을 찾지 않고 있다. 공씨아저씨네 방울토마토
의 주인은 여전히 세아유다. 나는 세아유가 다시 돌아
오기를 기다린다.

　　세아유는 '세상에서 가장 아름다운 유기농'의 줄
임말이다. 세상에서 가장 아름다운 유기 농업을 몸소 실
천하고 떠나신, 나에게는 그냥 좋은 사람. 故임영택 농
민을 그리워하는 마음으로 힘겹게 써 내려간 글에 마침
표를 찍는다.

회원은 나의 힘

소비자와의 공생

2014년부터 농산물 외모 지상주의 문제를 수면 위로 끌어올렸다. 저항도 있었고 환대도 있었다. 그로부터 6년이라는 시간이 흐른 2020년 가을 추석의 일이다. 그해 나는 조금 색다른 경험을 했다. 과거와 확연하게 달라진 회원들의 태도를 보며, 비로소 꿈꿔온 상식적인 과일 소비 방식이 자리를 잡아간다는 확신이 생겼다. 줄곧 노력해온 시간을 보상받은 기분이었다.

작고 단단한 마음,

독자의 눈에 이게 무엇으로 보일지 궁금하다. 아수라 백작 같기도 하고 괴물처럼 보이는 녀석의 정체는 '아리수'라는 품종의 사과다. 아리수를 서울의 수돗물 이름으로만 알고 있는 사람이 많을 텐데 국립원예특작과학원에서 육성한 사과 품종의 이름이다. 지금부터 2020년의 아리수 이야기를 시작하려 한다.

그해 날씨를 기억하는가? 봄은 유달리 추웠고 여름은 8월까지 줄기차게 비가 왔다. 추웠던 봄 날씨와 기나긴 장마로 대부분의 농사가 망가져 농민과 농산물 유통인에게는 최악의 한 해였다. 기후 위기가 일상이 되어 있는 지금의 시점에서 돌아보면 작은 해프닝에 불과한 일이었는지 모른다. 당시에는 그게 최악이라고 생각했지만 이후 최악의 기록은 매해 경신되고 있으니 말이다.

　　한국은행 총재까지 공개 석상에서 사과를 수입해야 한다는 망언을 했던 2024년 봄의 사과 대란도 추웠던 전해 봄 날씨로 인한 냉해에서 시작되었다. 냉해는 농산물의 재배 과정에서 기온이 낮아져 생기는데, 주로 봄에 꽃이 필 무렵의 낮은 기온 때문에 많이 발생한다.

　　2020년의 봄은 사과꽃이 피고 수정되어 열매를 맺어야 할 시기에 돌연 날씨가 추워졌다. 아리수는 냉해로 상당수 얼어 죽었고, 살아남은 열매들은 동록銅綠 피해를 입었다. 앞의 사진은 동록 피해를 입은 아리수의 모습이다. 동록은 철에 녹이 스는 것처럼 사과 껍질이 누렇게 변하고 거칠어지는 것을 말한다. 일본어의 잔재가 많은 현장 용어로는 흔히 '사비(녹)가 끼었다'고 한다.

　　사과 맛을 아는 사람은 일부러 동록 사과만 찾을 정도로 단단하고 맛있지만 동록이 있으면 시장에서는 B급이 된다. 껍질이 울퉁불퉁 거칠기 때문이다. 사과 농민들은 그해 아리수는 망했다고 말했다. 그렇지만 나에게 그해의 아리수는 지금까지 만난 사과 중에 제일 맛있었고 가장 아름다웠다. 아무리 외형으로 차별하지 않는 판매 방식에 단련된 공씨아저씨네 회원들이라도 이 정도로 거친 사과까지 감당할 수 있을지 걱정을 안 할 수가 없었다. 시기적으로도 선물 주문이 많은 추석 직전이었다.

그래도 판매를 강행했다. 여기서 후퇴하면 그동안의 말들은 모두 거짓이 되고, 공씨아저씨네의 존재 자체를 부정하는 일이었다. 장수 신농영농조합법인의 아리수 사과 판매를 시작하며 상품 페이지에 상황을 있는 그대로 자세하게 설명했다.

우려와 달리 동록 아리수는 단숨에 완판됐다. 어리둥절했다. 지금까지 사과가 이런 빛의 속도로 빨리 마감된 적은 없었다. 혹시 사이트가 디도스 공격을 받은 건 아닌지 순간 의심이 들 정도였다. 난데없는 초고속 완판에 우려는 더 깊어졌다. 맛에는 자신 있었지만 과연 회원들이 아리수를 직접 눈으로 접했을 때 자연이 만들어낸 아름다움에 감탄할지, 아니면 당황해서 차마 먹어보겠다는 엄두도 내지 못할지 짐작되지 않았다. 동록 가득 머금은 아리수는 배송을 시작했고, 나는 두근거리는 마음으로 심판을 기다렸다.

장사를 시작하고 그간 무수히 많은 일들이 있었

다. 버려야 할 것을 팔아먹은 몹쓸 사기꾼이라는 소리를 듣기 일쑤였고 "저는 과일 외모 안 보니까 걱정하지 말고 보내세요" 했던 지인이 막상 얼룩이 가득한 유기농 사과를 받고는 '그래도 이건 너무 심한 것을 보내셨네요'라는 메시지를 남기곤 반품했던 적도 있었다. 고정 관념은 그리 쉽게 변하지 않는다는 걸 경험으로 잘 알고 있다. 명절이 가까워지면 선물로 주문하려는 회원에게 항상 신중히 판단하고 주문해달라는 말을 매해 진지하게 반복한다.

배송 다음날 오후가 되자 SNS 알림이 요동쳤다. 사과를 받은 회원들이 반응을 보이기 시작한 것이다. 욕 파티가 시작된 것인가? 공씨아저씨네를 태그한 수십 개의 포스팅과 인스타그램 스토리들, 그리고 판매 공지 게시물에 달린 댓글까지…. 메신저로 피드백을 준 회원들도 있었다. 한 품목에 이런 빠르고 열광적인 반응은 참으로 오랜만이었다. 다행히 내가 우려한 파티는 아니었다. 회원들은 반전이라고 느낀 듯했다.

"못생겼지만 올해 먹어본 사과 중 가장 맛있었다. 사실 맛이 이리 좋으니 사과의 못생겼다는 기준이 무엇

작고 단단한 마음,

인가라는 생각도 든다. 겉모습만 빨갛지 못할 뿐 과실은 엄청 딴딴하고 두 입 씹은 후부터 사과 향이 온 입안을 휘감는다. 적당한 신맛은 밸런스를 맞춰주며 사과 본연의 맛을 끌어올려준다."

"빨가면 사과~, 사과는 맛있어. 근데 빨갛지 않아도 사과~, 아리수는 맛있다. 올해는 유달리 사과가 먹고 싶어 눈에 불을 켜고 기다리다가 득템에 성공. 택배를 받고 깜짝 놀랐다. 매끈하고 거칠기도 한 올록볼록한 질감. 빨강과 노랑의 조화가 너무도 절묘해서 내가 봤던 사과 중에 가장 아름다웠고 속은 꿀이 꽉꽉 차 있어 새콤달콤 그 자체였다. 앞으로는 동록 낀 사과만 찾아서 사 먹어야 할 판이다. 왜 이게 B급 과일이죠? 자연의 색은 원래 한 가지가 아니에요."

"작년 이맘때 동생의 사과 선물로 알게 된 공씨아저씨네. 과일을 대하는 태도나 철학, 농부를 향한 무한한 믿음을 보고 단골이 되었다. 여러 번 주문해서 느낀 결과, 공씨아저씨네는 늘 옳다. 과일의 생김새나 모양은 매끈하지 않을지 몰라도 맛은 단연 최고! 농작물이란 것은 날씨가 주는 영향이 아주 커서 맛이 없을 수도 있다고 늘 말씀해주신다. 그럼에도 불구하고 맛있다, 진

짜. 늘 가까이하고 먹는 과일이지만 과일에 대한 태도
를 다시 한번 생각해보게 한다."

회원들의 후기 포스팅은 이후로도 계속되었다.

은유 작가는 《있지만 없는 아이들》에서 "원래 사
람의 편견은 대상과 직접 부딪히며 생기는 경우보다는
사회적으로 학습되는 경우가 더 많다"고 썼다.

'경험'의 중요성을 늘 강조한다. 소비자가 가지
고 있는 과일의 생김새에 대한 고정 관념은 사실 그동안
외형과 맛에 큰 상관관계가 없다는 경험을 하지 못했기
때문이다. 지난 십여 년간 나는 회원들과 함께 경험치를
쌓았다. 동록 아리수에 보여준 회원들의 열광적인 반응
은 공씨아저씨네가 하는 이야기가 더 이상 뜬구름 잡는
소리로만 전달되지 않는다는 자신감을 얻은 중요한 순
간이었다.

이제는 회원들도 안다. 과일의 맛은 외모와 관계
없다는 것을. 더 나아가 맛만 좋다면 작고 못생긴 것들
이 크고 예쁜 것들보다 오히려 더 높은 가격을 받아도
이상하지 않다는 것을. 그동안 판매 글은 주로 '변명'과
'해명'으로 시작했다. 이러이러해서 모양이 이렇고, 저

작고 단단한 마음,

러저러해서 색이 저렇고 사족이 붙었다. 이후론 변명과 해명 없이 오직 설명만 한다. 10년이 걸렸다. 과일 외형에 불만을 제기하는 회원은 더 이상 없다. 단 한 명도.

한 발 더 나아가 보기로 했다. 공씨아저씨네는 소비자라는 말 대신 '공동생산자'라는 표현을 사용한다. 공동생산자는 슬로푸드운동에서 사용하는 용어로 소비자가 수동적인 역할을 넘어서, 누가 우리의 음식을 생산하는지, 어떻게 생산하는지 그리고 생산자가 어떤 문제에 부딪히는지에 관해 능동적으로 관심을 갖고 함께 책임을 진다는 의미를 담고 있다. 한살림은 오래전부터 '소비자농부'라는 말을 사용했다. 직접 농사짓지는 않지만 이를 아름답게 소비하는 것도 함께 농사짓는 것과 다르지 않다는 시선을 담고 있다. 내가 회원들과 만들어가는 문화는 오랜 기간 선구자로서 먼저 디딤돌을 놓아온 선배들의 노력에 상당 부분 빚지고 있다.

과일의 외모 지상주의를 타파하기 위해서는 소비자의 인식 변화와 지지가 절대적이다. 그런데 마케팅의 대가들은 '소비자는 언제나 옳다'며 절대 소비자를 가르치려 하지 말라고 경고한다. 소비자는 소비자일 뿐,

그 이상도 이하도 아니라고 말한다. 생협 운동이 만들고자 했던 모델이 아직까지도 우리의 소비 문화에 뿌리내리지 못한 것을 보면 정말로 소비자는 그냥 소비자일지도 모른다.

소비자는 동지가 될 수 없을까? 나는 세아유 농장과 함께 정기 구독 프로그램을 실험하며, 질문의 답을 찾고자 했다. 세아유는 오프라인에서는 두레생협, 온라인에서는 공씨아저씨네가 판매를 한다. 딸기와 방울토마토는 꽤 오랜 기간(2~3개월) 동안 일정한 주기로 수확하는 장기 판매 계획이 필요한 과채다. 수확량이 적을 때는 걱정이 없지만 수확량이 갑자기 늘어나는 시기에는 생협의 발주량도 급증한 수확량을 감당하지 못하고, 공씨아저씨네도 비슷한 상황에 처해 잉여 농산물이 발생한다.

만약 3개월 동안 정해진 요일에 고정적으로 일정 물량의 출고 계획이 잡혀 있다면 생산, 소비 계획을 세우는 데 한결 수월할 것이라는 농가의 의견이 있었다. 꾸러미 사업을 하는 곳에서 늘 고민하는 지점이기도 한데, 정해진 간격으로 농산물을 받다 보면 소비자 가정에 농산물이 남는 경우가 반드시 생기기 마련이다. 남으면

작고 단단한 마음,

버리게 되고, 그러다 보면 꾸러미 회원에서 이탈한다. 원래 꾸러미의 탄생 자체가 농민의 생산물 전체를 소비자가 함께 책임지는 모델이라 철저히 생산자 중심으로 운영하도록 되어 있다. 여기에 소비자를 위한 배려가 가미된다면 좀 더 안정적으로 사업을 지속할 수 있을 거라 생각해왔다.

'세아유와 친구들'이라는 이름으로 정기 구독 회원을 모집해보기로 했다. 수확의 처음부터 끝까지 함께 책임지는 방식이다. 배송 간격에 다양한 옵션을 두어 양에 대한 회원들의 부담을 덜고 선택권을 넓혔다. 정기 구독이 부담스러운 가구를 위해 단품 배송 날도 별도로 정했다. 수확량을 장담할 수 없는 상황에서 3개월의 배송 스케줄을 짜는 것이 모험이었지만 생산 농가와 소비자 모두에게 만족스러운 결과를 가져왔다. 가끔은 수확량이 부족해 약속한 일정을 지키지 못한 적도 있다. 하지만 '친구들'은 불만을 제기하지 않았다. 오히려 농산물은 날씨에 좌우된다는 당연한 이치를 이해하는 좋은 계기가 되었다.

정기 구독 프로그램이 안정적으로 정착할 수 있었던 데에는 두 해에 걸쳐 진행한 세아유 딸기 수확 체험 프로그램이 큰 역할을 했다. 그동안 본인이 먹었던 딸기를 재배하는 농민을 직접 만나 농사에 대한 이야기를 듣는 경험은 '내 돈 내고 내가 사 먹은 딸기'에서 '내가 아는 농민이 재배한 딸기, 믿을 수 있는 딸기'로 의미가 변했다. 체험을 하고 간 회원들은 이듬해에도 세아유 딸기의 열렬한 구매자가 되었다.

해를 거듭할수록 정기 구독 회원 수는 늘어났고, 안정적인 공동생산자 모델이 자리를 잡아갔다. 다른 품목에도 서서히 정기 구독을 확대했다. 복숭아와 자두, 대저 토마토는 정기 구독자가 대다수다. 공씨아저씨네의 철학에 공감하고 동참하는 것을 넘어서 실제로 회원들의 삶에도 도움이 된다는 반증이다. 소비자는 소비자일 뿐은 아니었다. 소비자도 엄연한 생산자다. 그래서 우리는 동지다.

작고 단단한 마음,

과일장사에 10할은 없다

선수 교체냐,
선수 보호냐

우리는 각자의 분야에서 쌓아온 나름의 경험을 인생에 대입하며 위기를 극복하곤 한다. 나는 특히 야구를 보면서 인생을 배웠는데, 그 어떤 선배나 스승의 조언보다 나을 때가 많았다. 오랜 연륜의 베테랑 야구 해설자가 인생에 빗대어 살아 숨 쉬는 해설을 할 때면 무릎을 탁 치게 만든다.

우리 인생과 닮아 야구에 매료됐다. 야구에서 벌

어지는 다양한 상황을 회사 생활하면서, 장사를 하면서도 비슷하게 맞닥뜨린다. 회사 생활할 때는 주로 선수 입장에서 경기를 봤다면 과일장수가 된 이후에는 (비록 1인 사업장이긴 하지만) 감독의 시점으로 보게 된다. 가끔은 감독에 빙의하여 저런 상황에서 나라면 어떤 결정을 내렸을지 나만의 작전을 구사해보기도 한다.

정규 시즌에서 3할 5푼을 치던 팀의 4번 타자가 포스트 시즌에 접어들자 1할 대의 빈타에 허덕이는 경우가 종종 있다. 점수를 내야 하는 순간마다 내야 땅볼, 병살타, 삼진 아웃을 당하기 일쑤. 승부를 결정짓는 절체절명의 순간마다 머피의 법칙처럼 그 선수의 타순이 돌아온다.

감독은 고민한다. 교체할지, 믿고 맡길지. 그날 타격감이 좋은 선수로 교체하면 당장 좋은 결과로 이어질 확률은 높아진다. 물론 뚜껑을 열어봐야 아는 일이다. 다행히 결과가 좋아서 한 경기를 승리로 가져갈 수도 있다. 그러나 야구는 기세 싸움이다. 기세에서 밀리면 끝이다. 팀의 4번 타자를 교체한다는 것은 팀 전체의 사기를 떨어뜨리는 일이다.

회사 상황에 빗대면 회사의 성장에 혁혁한 공을

작고 단단한 마음,

세운 우리 팀장이 최근 진행한 프로젝트의 미미한 성과로 좌천되는 것을 팀원들이 눈앞에서 목격하는 것과 같다. 허망하고 좌절할뿐더러 언젠가는 내가 겪을 일이라는 것 또한 학습한다. 그 순간 회사에 대한 신뢰는 깨지고 팀워크는 무너진다. 한순간이다.

조직이 직원을 대하는 태도는 그래서 중요하며, 감독은 팀의 4번 타자를 쉽사리 교체하지 못한다. 감독의 결정은 실패할 수도, 성공할 수도 있다. 감독의 무한한 신뢰로 각성한 4번 타자가 3점 차이로 지고 있는 9회 말 투 아웃 상황에서 만루 홈런을 치며 경기를 뒤집고, 이후 맹타를 휘두르며 팀을 한국시리즈 우승 팀으로 만드는 영화 같은 일이 현실 세계에서 이따금 벌어지기도 한다. '야구는 9회 말 투 아웃부터', '끝날 때까지 끝난 게 아니다'와 같은 명언이 반복해서 회자되며 야구팬들이 그토록 야구에 열광하는 이유다.

감독의 스타일은 다양하다. 작전을 많이 구사하며 빈번히 경기에 개입하는 스타일이 있는 반면, 믿음과 뚝심의 야구를 추구하는 감독도 있다. 어떤 타입이 좋은 리더의 자질이라고 콕 집어 말할 수는 없지만 한 가지

분명한 것은 감독이 선수에 대한 믿음을 갖고 인내하지 않는다면 그 팀은 절대 강해질 수 없다는 것이다.

　나의 직장 생활을 돌이켜 생각해본다. 가장 고마웠던 상사는 누구였을까? 업무의 전문성 측면에서 부족함이 많았지만 신입의 발전 가능성을 믿고 과감하게 나를 프로젝트에 투입하고 묵묵하게 기다려주었던 첫 회사의 대표를 잊지 못한다. 클라이언트를 대할 때도 회사를 대표한다는 마음가짐으로 임했고, 부족한 실력을 보충하기 위해 매일 관련 분야의 책을 읽었다. 퇴근 후에도 사무실에 남아서 실습을 멈추지 않았다. 다행히 프로젝트의 성과도 좋아 업무적으로도 인간적으로도 한 단계 성장할 수 있었다.

　결국 최고의 선수(직원)를 만드는 것은 선수 개인의 피나는 노력과 열정, 타고난 재능도 필요하겠지만 선수(직원)에 대한 감독(대표)의 믿음과 인내가 결정적이다. 관중 입장에서는 4번 타자 교체라는 초강수를 두면서 그날의 경기를 승리로 이끄는 것을 바랄 수 있겠지만, 한 시즌을 치러야 하는 감독은 한 번의 경기를 포기하더라도 시즌 전체를 위한 선택을 해야 할 때가 많다.

　이제 과일장수의 삶을 보자. 야구에서 좋은 타자

를 가늠하는 기준은 3할이다. 3할 타자는 코치도 함부로 타격 폼을 수정하지 않는다는 불문율이 있다. 열 번 타석에 들어서서 안타 세 개를 치면 훌륭한 선수로 인정을 받는 것이 야구다. 쉬워 보여도 1년의 절반 동안 주 1회만 쉬며 144번의 경기를 뛰어야 하는 장기 레이스라 타격감 유지가 그렇게 어렵다.

그렇다면 과일장수의 적정 타율은 얼마일지 생각해본다. '작년보다 맛이 없는 것 같아요', '작년에 먹어보고 기대하며 주문했는데 올해는 좀 실망스럽네요', '소문 듣고 왔는데 이게 뭔가요?'와 같은 피드백을 받을 때면 나는 경기의 중요 득점 찬스에서 삼구 삼진을 당해 팬들의 비난을 받으며 덕아웃으로 터벅터벅 들어오는 4번 타자를 바라보는 감독이 된다. 가슴이 쓰라리다. 이 일을 하면서 맞이하는 가장 괴로운 순간들 중 하나다. 공장에서 찍어내는 공산품이 아닌 이상 작년과 똑같은 맛을 낸다는 것은 불가능하다. 이럴 때는 3할만 쳐도 박수를 받는 프로야구 선수들이 부럽기도 하다.

과일장수인 나에게 팬은 소비자고, 선수는 농민이다. 소비자의 선택을 받아야 살아남을 수 있는 것이 과일가게의 운명이라는 점에서 과일장사와 야구는 닮았다. 가게의 타율을 높일수록 소비자는 좋아하지만 반대로 농민은 힘들다. 팀의 4번 타자를 빼고 대타로 교체할 것이냐, 아니면 삼진을 당하더라도 믿고 기회를 줄 것이냐에 대한 결정은 나에게도 동일하게 적용된다. 농사는 기술적인 부분도 물론 중요하지만 날씨에 크게 좌우된다. 아무리 농사를 잘 짓는 농민이라도 날씨가 받쳐 주지 않으면 과일의 맛은 기대에 못 미칠 수 있다. 그걸 팔아야 하는 것이 과일장수의 임무이기도 하다. 한 해 성적이 안 좋다고 팀의 주축 선수를 방출할 수는 없다.

2019년 판매했던 총 아홉 가지 복숭아 중 4번 타자 '롱의택골드(용택골드)'는 폭염으로 인한 핵할(씨가 갈라지는 증상)로 판매를 중단해야만 했고, 경기를 깔끔하게 마무리해줄 것으로 기대했던 마무리 투수 '장호원황도'는 호우와 태풍으로 인한 낙과로 수확을 포기할 수밖에 없었다. 야구에서 부상으로 그해 시즌을 접어야 하는 시즌 아웃 상황이 과일농사에서도 심심치 않게 발생한다. 선수에게 부상이 예고 없이 갑작스럽게 찾아오듯이 과일의 운명도 변덕스런 날씨에 따라서 하루아침에 뒤바뀐다.

나는 10할 타자가 되겠다는 마음으로 과일장사

작고 단단한 마음,

를 시작했다. 가게 문을 연 1년 차에는 내 기준에 조금이라도 맛이 못 미치는 과일은 팔지 않으려고 했다. 단한 명의 손님에게도 불만족을 주고 싶지 않은 자존심 때문이었다. 나는 그게 당연히 내가 해야 할 의무라고 생각했고, 나의 경쟁력이 될 것이라고 자신했다. 삶이 참 전쟁 같고 피곤했다. 안 좋은 후기라도 접하는 날이면 잠을 이루지 못했다. 악플을 보는 건 누구에게나 괴로운 일이다.

초창기 회원들이 우리 가게에 열광했던 이유는 10할에 가까운 타율 때문이었다. 그러나 그건 동반자인 농민에게 가혹했고, 결코 오래 지속하기 어려운 방법이었다. 내가 타율을 올리려고 할수록 뾰족하고 날카로운 기준을 고수해야 하고 농민과의 협력 관계에 균열이 생긴다. 선수를 함께 가는 동료나 파트너로 대하지 않고 팬들에게 칭찬받기 위한 수단으로만 대하는 몹시 이기적인 태도다.

나는 과일장사를 '농민과 소비자의 중간에서 균형을 잃지 않고 버티는 아슬아슬한 외줄 타기'라는 표현으로 종종 비유한다. 지금은 농민의 편에 조금 더 가깝지만 처음에는 소비자의 편에 기울어 있었다. 노동자의 희생으로 얻은 좋은 평가를 바탕으로 회사를 성장시킨 장사치들과 내 모습이 다를 바 없다는 것을 자각했다. 10할 타자를 꿈꾸었던 건 굉장히 부끄러운 일이었다. 팬보다 선수를 먼저 생각해야 할 때가 있어야 하는 것이 감독이다.

몇 해 동안 최고의 맛이라고 평가받은 농민의 과일이 가뭄, 장마, 태풍 등의 자연재해로 인해 맛이 떨어진 경우가 어쩔 수 없이 발생한다. 그 순간 나는 결정해야 한다. 소비자의 비난을 감수하며 과일을 팔 것인지, 아니면 그해 그나마 피해를 덜 입은 농민의 과일을 찾아와서 소비자를 만족시킬지 말이다.

나는 당연히 전자의 방법을 택한다. 진정한 팬이라면 그 과정 또한 함께해야 한다고 생각하기 때문이다. 팬은 새로 생기기도 하고 떠나기도 한다. 그러나 선수는 컨디션이 좋을 때나 좋지 않을 때나 함께 가야 할 동료이고 파트너다. 나에게는 농민이 그렇다. 때로는 좋은 경기력을 보여주지 못하는 날도 있다. 그럴 때마다 선수를 교체할 수는 없지 않은가? 설령 팬이 떨어져 나가더라도 선수의 믿음을 얻는 감독의 길을 택했다.

10할은 없다. 모든 손님을 만족시킬 수는 없다.

그건 분명히 인정해야 한다. 유명한 초콜릿 가게 사장님이 메뉴를 고민하면서 SNS에 이런 글을 남긴 적이 있다.

"모든 손님의 취향을 만족시키는 건 바라지도 않는다. 반 이상이 좋아라 하면 간다."

당시 17년째 가게를 운영 중이던 그 사장님의 목표는 5할이었다.

"옳은 건 뭐고 틀린 건 뭘까. 나한테 옳다고 해서 다른 사람한테도 옳은 것일까. 뭐, 나한테 틀리다고 해서 다른 사람한테도 틀리는 걸까. 내가 옳은 방향으로 살고 있다고 자부한다 해도 한 가지는 기억하자. 나도 누군가에게 개새끼일 수 있다(드라마 〈검색어를 입력하세요 WWW〉 속 대사)."

타율로 고민하던 어느 여름날 우연히 마주한 드라마 속 한마디가 나를 마음의 지옥에서 해방시켜 주었다. 나도 개새끼일 수 있음을 받아들이고 나니 삼진 아웃을 두려워하지 않고 마음 편히 타석에 들어설 수 있는 용기가 생겼다.

더 이상 10할을 꿈꾸지 않는다. 지금은 평균 타율 7할을 목표로 하지만 여름은 5할까지도 각오한다. 뭐

니뭐니 해도 야구계의 최고 명언은 "야구 몰라요"다. 농사도 모른다. 2024년의 봄은 다행히 냉해가 없었다. 그러나 여름 날씨는 고약했다. 이 글을 마무리하고 있는 2024년 8월. 서울은 열대야 최장 일수 기록을 갱신했다. 타율은 무슨, 이제 경기 출전을 장담하지 못하는 날들이 늘어간다. 과일장사도 매순간 "몰라요"의 연속이다.

작고 단단한 마음,

지구에서 복숭아가
멸종했으면 좋겠다

과일장수의
처절한 고충기

'복숭아' 세 글자만 들어도 심장이 벌렁거린다. 복숭아는 가장 사랑받는 여름 과일이지만 나에겐 애증의 과일이다. 복숭아 판매를 마치고 나면 매해 같은 고민을 한다.

'내년부터는 팔지 말아야지….'

그러나 이듬해 여름에 아무 일도 없었다는 듯 복숭아를 팔겠다고 준비하는 내 모습을 보고 있으면 인간이 망각의 동물이라는 게 원망스럽기 그지없다. 스트레스 받지 않으면서 살고 싶어 시작한 과일가게였는데…. 나는 이따금씩 지구상에서 복숭아가 멸종하는 꿈을 꾼다.

복숭아 농사를 짓는 양영학 농민을 처음 만난 것은 2014년인데 11년가량의 긴 세월 동안 단 한 해도 순탄한 여름을 보낸 적이 없다. 가장 큰 이유는 역시 날씨다. 지역에 따라 차이는 있지만 우리나라에서 노지 재배 기준으로 복숭아는 6월 중하순에 시작해서 9월 초순까지 수확한다. 이 시기는 여름 빌런 삼총사 장마, 폭염, 태풍을 모두 만나는 때이기도 하다. 보통 장마 기간은 대략 6월 하순부터 7월 중순까지였다. 그러니까 예전엔 이 기간만 무사히 넘기면 됐다. 그러나 요즘은 장마 시작 시기도 들쭉날쭉하고 장마 기간도 길어졌다. 장마 때는 고온에 높은 습도로 인해 곰팡이와 탄저균의 피해가 과일장사의 복병이다.

공씨아저씨네에서 판매하는 복숭아의 산지는 경상북도 청도다. 이 지역은 분지 지형이라 예로부터 비가 잘 내리지 않는 지리적 이점이 있어 복숭아의 주산

작고 단단한 마음,

지가 되었다. 비구름이 오다가도 청도를 만나면 무서워서 도망간다는 이야기가 있을 정도였다. 우리나라 유일의 복숭아 시험장도 청도에 있는 이유다. 그래서 그나마 초기에는 비교적 안정적으로 복숭아를 판매했다. 그런데 최근 몇 년의 여름 날씨는 원래의 청도 날씨가 아니다. 한 해 이러고 말겠지 싶은 게 벌써 4년째다. 이제 청도도 더 이상 비로부터의 안전지대가 아니다.

오래전 일인데 동종 업계 후배가 회사에서 올해 복숭아 담당이 되었다고 연락이 왔다. 복숭아는 1년에 수명을 10년씩 단축시키는 과일이라고 겁을 주며 우스갯소리를 했지만 사실 진심이었다. 나도 매해 복숭아 첫 출고를 마친 날은 마시지도 못하는 소주 한 잔을 따라 놓고 올 한 해 무사히 판매를 마치게 해달라고 천지신명께 제를 올린다. 그러나 나의 바람은 언제나 산산조각 난다.

왜 내가 멸종을 운운하면서까지 그토록 복숭아를 힘들어하는지 이해하기 위해서는 복숭아의 특성에 대한 설명이 좀 필요하다. 가장 신선한 과일은 과수원에서 갓 수확해서 바로 출하한 과일이다. 일반적으로 맞는 이야기인데, 복숭아는 예외다. 복숭아는 열이 많은 성질의 과일이다. 한여름 뜨거운 날씨에서 수확할 수밖에 없는 복숭아는 수확 후 열을 식히지 않은 채 발송하면 배송 과정에서 푹 삶아진다. 그래서 수확 후 반드시 공동선별장(현장에서는 보통 줄여서 '공선장'이라 부른다)에서 에어컨 바람을 맞으며 예냉 과정을 거쳐 열기와 습기를 제거한 이후에 출고를 진행한다.

과학적으로 검증된 방법이다. 보통 포장 작업은 농민이 직접 하지 않고 공선장 인력에게 맡겨 진행한다. 농민은 선별과 포장에 절대 개입할 수 없다는 게 작업장의 제1원칙이다. 작목반 주체로 공선장을 만든 이유는 농민을 포장과 선별의 과중한 노동에서 벗어나게 해주는 목적이 첫 번째이지만, 포장할 때 복숭아에 작은 흠집 하나만 발견돼도 담지 않기 위해서이기도 하다. 외형으로 차별해서가 아니라 흠집이 있는 복숭아는 여름철 배송 과정에서 반드시 부패하기 때문이다. 농민이 직접 포장하면 아무래도 자기 자식은 다 예뻐 보이기에 담지 말아야 할 것들이 담기기도 한다. 이러한 시스템을 처음 도입한 것도 바로 양영학 농민이다.

최대한 꼼꼼하게 선별하고 포장해도 여름철 고

작고 단단한 마음,

온 다습한 날씨에는 목적지에 도착했을 때 무르고 부패한 복숭아가 나온다. 폭염주의보라도 내린 날에는 복숭아가 전부 푹 삶아져서 과즙이 질질 흐르는 상태로 도착하기도 한다. 여름철 택배 차의 내부 온도는 가히 상상을 초월한다. 거기다 비라도 오는 날이면 높은 습도에 복숭아 상자를 열었을 땐 이미 곰팡이들이 대환장 파티를 벌이고 있는 모습을 심심치 않게 만난다.

이런 복숭아를 받은 회원들 입에선 험한 말이 쏟아진다. 정말 아무 이상 없던 복숭아였다고, 출고 전 상자에 담긴 사진을 보여주며 설명해도 어떻게 하루 만에 이렇게 변하냐고 말도 안 되는 소리 하지 말라는 말만 돌아온다. 나도 처음에는 납득이 안 됐으니 소비자의 반응은 당연하다. 해결 방법을 찾아 지난 10여 년 동안 양영학 농민과 머리를 맞대고 안 써본 방법이 없을 정도로 온갖 시도를 해봤지만 전부 소용없었다. 그래서 주로 택배로 유통되는 복숭아는 경육종(딱딱한 복숭아)이거나 반용질성(쫀득한 복숭아)이 많지만 공씨아저씨네가 판매하는 복숭아는 모두 용질성(말랑한 복숭아)인 점도 복숭아 택배를 어렵게 만드는 이유이기도 하다.

평소 가장 좋은 장사 방법은 'C/S 할 일을 없게 만드는 것'이라 생각해왔다. 그런데 복숭아는 무슨 수를 써도 막을 도리가 없다. C/S 빈도가 다른 과일에 비해 압도적으로 높기 때문에 그저 후속 조치를 잘하는 게 최선이다. 일정 부분 회원의 양해를 구해보지만 손해를 회원에게 떠안길 수는 없다. 문제가 있는 복숭아의 양만큼 환산해서 부분 환불 처리를 하는 방법을 고안했다. 이렇게 한 해 여름 평균 복숭아 환불 금액만 200만 원을 넘긴다. 돈을 벌자고 하는 일인지, 돈을 버리고자 하는 일인지 헷갈리지만 복숭아 판매를 결심하는 순간 감수해야 하는 일이다.

복숭아 C/S를 하면서 콜 포비아*call phobia*가 생겼다. 그래서 지금은 레트로 스타일로 게시판만 운영한다. 조금은 수월해질 줄 알았는데 다른 증상이 나타났다. 휴대폰 푸시 알림만 울려도 심장이 벌렁거리는 증상으로 진화했다. 알림은 대부분 게시판에 올라온 C/S 문의다. 자려고 누웠는데 게시판에 올라온 곰팡이 핀 복숭아 사진을 보고 벌떡 일어나서 컴퓨터를 확인하면 사이트에는 아무 게시물도 올라와 있지 않았다. 꿈이었다. 여름이면 자주 겪는 일이다.

작고 단단한 마음,

정신적 스트레스가 크다 보니 담당 직원을 채용할까 잠시 고민했다. 그러다 이내 마음을 접었다. C/S는 극한의 감정노동이다. 직접 콜센터 상담원으로 일하며 《어떤 동사의 멸종》을 쓴 한승태 작가의 표현을 빌리자면, '그냥 정신이 나간 사람'을 1년에 한 번은 꼭 만나게 되는데 그 후유증은 1년 이상이다. 부정적인 감정 상태로 하루 온종일을 보내야 하는 일임을 뻔히 아는데 그 일을 시키려고 직원을 채용할 수 없었다. 욕받이는 그냥 내가 되는 게 나았다.

평소 아무리 슬픈 영화를 봐도 울지 않는다. 가끔은 심장이 고장 난 게 아닌가 의심이 든다. 영화 〈다음 소희〉를 보고 내 심장이 정상 작동하고 있음을 확인했다. 고등학교 졸업을 앞두고 콜센터 상담원으로 취업한 소희는 감당할 수 없는 감정노동을 겪으며 지쳐간다. 생을 마감하러 추운 겨울 저수지로 향하는 길에 잠시 들른 가맥집. 초점 없는 눈동자로 마지막 맥주 한 잔을 마신다. 이때 가게 문틈으로 들어온 햇살 한 줄기가 삼선 슬리퍼를 신고 있는 차갑게 언 소희의 맨발을 비춘다. 유일하게 그 아이를 어루만져주는 것은 겨울 햇살 한 줄기뿐이었다. 소리를 내지 않으려고 힘을 주며 입을 꽉

다물었지만 눈에서는 이미 눈물이 나대고 있었다.

우리 어머니는 장사하는 사람은 아침에 출근하면서 간도, 쓸개도 다 빼놓고 가야 한다고 입버릇처럼 말씀하셨다. 그러나 간과 쓸개가 없으면 사람은 죽는다. 그리고 내 간과 쓸개는 소중하다. 장사하는 사람이라고 인격적으로 무시당할 이유는 없다.

공씨아저씨네 회원 가입은 운영자 승인 방식으로 진행하며, 가입 신청을 받을 때 몇 가지 질문을 던진다. 공씨아저씨네의 운영 방식에 대한 공지 기능을 하면서 동시에 추구하고자 하는 가치를 회원이 수용할 수 있는지의 여부를 확인하는 역할이다. 그중 이런 질문이 있다.

"공씨아저씨네가 어떤 과일가게인지 알고 오셨나요? 일반적인 온라인 몰과는 다른 곳입니다. 저희는 과일을 크기와 모양으로 선별하지 않습니다. 소비자를 왕이라기보다는 같은 곳을 보며 함께 나아가는 공동생산자라 생각하며 농민과의 상생을 추구하는 곳입니다. 그래도 괜찮으시겠습니까?"

작고 단단한 마음,

이에 대한 답변은 두 가지 중 선택할 수 있다.

"네. 괜찮습니다. 저도 회원이 되어 합리적 소비에 동참하고 싶습니다."

"아니오. 저는 이 방식에 동의하지 않습니다."

"과일은 생물인지라 (특히 여름철 복숭아, 포도와 같은 과일은 민감하기에 더욱) 택배라는 운송 과정을 통해 배송되는 동안 약간의 물러짐이나 터짐이 있을 수도 있다는 점을 양해해주실 수 있으시겠습니까?"

"네. 그 정도는 충분히 양해할 수 있습니다."

"아니오. 조금의 흠집도 없이 100퍼센트 깨끗한 상태로 배송받아야 합니다."

"과일은 공장에서 찍어내는 공산품이 아닙니다. 날씨에 따라서 해마다 맛이 조금씩 다를 수 있습니다. 아무리 맛있는 품종이라도 전년보다 조금 더 맛있을 수도, 조금 덜할 수도 있습니다. 공씨아저씨네는 한 과일당 한 명의 농민과 지속적인 거래를 이어가고 있기에 이런 현상은 당연하다고 생각합니다. 이해해주실 수 있으시겠습니까?"

"네. 충분히 이해할 수 있습니다."

"아니오. 공씨아저씨네에서 판매하는 과일은 무조건 맛의 차이가 없어야 합니다."

'당연한 걸 왜 묻냐'는 반응도, '가입이 왜 이리 까다롭냐'는 반응도 있다. 이런 방식으로 전환한 것은 2019년부터인데, 사실 복숭아 때문이었음을 고백한다. '아니오'라고 대답한 분은 회원으로 받을 수가 없다. 내가 할 수 있는 영역 밖의 일이기 때문이다.

의도하지는 않았지만 공씨아저씨네 회원은 크게 두 그룹으로 나뉘어 있다. 생협 조합원이거나 가치 소비, 녹색 소비를 지향하는 성향의 사람들, 그리고 맛있는 과일을 찾아온 과일 덕후들. 초기에는 주로 후자 성향의 회원들이 많았다. 그런데 과일장수로서 벅차오를 때는 후자의 성향이던 회원이 시간이 지날수록 전자의 모습으로 변화할 때다. 앞서 말했던 '동록 사과' 때처럼 말이다. 두 그룹의 교집합 영역이 점차 커져서 결국은 하나의 원으로 일치되는 것이 다소 거창하지만 내가 꿈꾸는 궁극의 목표다. 목표 지점에 점점 가까워지고 있는

작고 단단한 마음,

느낌이 들다가도 복숭아를 판매할 때면 아직 시기상조인가 싶기도 하다.

해마다 마지막으로 수확하는 복숭아 '청도백도' 판매를 마치고 나면 귀신같이 아침저녁으로 찬바람이 불며 처서處暑가 찾아온다. 아이들의 여름방학은 끝나가고, 어느덧 개학이다. 여름을 복숭아와 맞바꾼 덕에 여름휴가를 잊고 살았다. 그 사이 큰아이는 성인이 되었다. 가족에게 미안함이 크다. 올여름도 어김없이 복숭아는 찾아올 것이다. 소주 한 잔의 제를 올리며 복숭아가 멸종하기를, 진심 아닌 소원을 빌어본다.

3장

환경, 과일장수의 숙명

쓰레기를 파는
과일장수

공씨아저씨네의
무모한 도전

───────────────

온라인 과일 판매를 하며 벗어날 수 없는 굴레가 생겼다. 바로 포장 쓰레기 문제다. 택배라는 배송 방식을 이용해 과일을 판매하기 위해서는 박스를 비롯한 많은 완충재가 필요하다. 배송 중 과일의 파손을 막기 위해서다. 안타깝게도 완충재는 모두 화석 연료로 만든 플라스틱으로 되어 있다. 좋은 먹거리를 판매하겠다고 떠들면서 지구를 오염시키는 플라스틱 포장재를 윈 플러

작고 단단한 마음,

스 원으로 판매하는 내 모습에 모순을 느꼈다. 스스로에게 물었다. 내가 파는 것이 과일인가? 아니면 쓰레기인가? 무엇이라도 하지 않으면 견딜 수 없었다.

농산물 영역에서도 가공 식품의 비중이 커지면서 포장 쓰레기 문제가 나날이 심각해지고 있다. 공씨아저씨네에서 처음 이 문제를 제기한 건 2016년이다. 그해 5월 단양사과협동조합의 사과즙 판매를 앞두고 팔면 팔수록 쓰레기를 생산해내는 과일장수의 얄궂은 운명을 마주했다. 사과즙의 원료로 들어가는 사과는 시장에서 B급으로 분류된 사과와 장기 보관 시 부패 우려가 있는 흠집 사과들이다. B급 판정을 받은 사과를 최대한 생과로 판매하면 가공품을 만들지 않아도 될 거라고 기대했지만 그럼에도 불구하고 사과즙으로 가공할 수밖에 없는 사과는 늘 발생했다. 이것이 사과 농가에서 사과즙을 만들 수밖에 없는 이유다.

그렇다면 어떤 포장 방식이 그나마 최선일까. 가장 많이 쓰는 일반 비닐 파우치는 생산 단가가 저렴하나 칼이나 가위로 입구를 잘라야 해 불편하다. 자르다가 음료를 흘리기도 하고, 빨대를 꽂아서 마시는 경우가 많기 때문에 쓰레기가 추가로 발생하는 문제도 있다. 불편하다 보니 소비자가 선호하지 않는 포장 방식이다.

요즘은 스파우트 파우치 방식(플라스틱 주입구와 비닐 파우치가 결합된 형태, 아이스크림 '설레임'을 떠올리면 된다)을 많이 선호한다. 그런데 스파우트 파우치는 제작 단가가 높다는 단점과 재활용 시 분리배출의 어려움을 안고 있다. 뚜껑은 플라스틱 *HDPE*이고 몸통은 주입구의 플라스틱과 비닐이 결합된 형태라 분리해서 배출하지 않으면 일반 폐기물로 처리된다.

두 부분을 나눠 분리배출을 한다고 해도 뚜껑과 주입구의 플라스틱이 너무 작아서 플라스틱 분쇄기에 끼어 고장을 일으키기 때문에 실제로 분리수거 업체에 서는 일반 쓰레기로 분류하여 매립 혹은 소각 처리한다 는 현장의 이야기를 들었다. 재활용 문제를 고려하면 비 닐 소재로만 제작하는 일반 비닐 파우치 방식이 그나마 나았다. 포장재는 단일 재질로 만드는 것이 재활용 측면 에서는 가장 좋다.

최종적으로 비닐 파우치 형태로 제작하여 사과 즙 판매를 진행했다. 그러나 팔면서도 내내 마음이 무거 웠다. 공씨아저씨네에서 가능한 가공 식품을 만들거나 판매하지 않는 이유는 농산물은 생물로 소비되는 것이

작고 단단한 마음,

가장 아름답다는 나의 신념 때문이기도 하지만 포장 쓰레기를 만들고 싶지 않은 이유가 가장 컸다.

뭘 어떻게 해야 포장 쓰레기 문제를 개선할 수 있을까 고민하다 다 먹은 사과즙 파우치를 수거해보자는 엉뚱한 생각에 이르렀다. 회수한 사과즙 파우치로 의미 있는 무언가를 만들어 포장 쓰레기를 판매한 죄의식을 조금이라도 덜고 싶었다. 굳이 명명하자면 〈사과즙 파우치 수거 프로젝트〉. 가급적 원형 그대로 업사이클 링하는 방법을 고민했다. 버려지는 쓰레기를 업사이클 링해 다양한 제품을 만드는 디자인 회사 져스트 프로젝트와 파우치를 디자인 소품으로 재탄생시키는 컬래버레이션을 진행해보기로 했다.

회원들에게 사과즙을 다 먹고 난 후 비닐 파우치를 모아서 다시 보내달라 요청했다. 2015년에 크게 이슈가 되었던 바다거북의 코에서 빨대를 꺼내는 다큐멘터리 영상은 너무 충격이었다. 영상을 본 이후로 빨대를 사용하지 않는다. 〈사과즙 파우치 수거 프로젝트〉를 홍보하면서 회원들에게도 빨대 사용 자제를 당부했고, 부득이하게 빨대를 사용했다면 빨대도 같이 보내달라고 부탁했다. 참여를 이끌기 위해서 져스트 프로젝트의 디자인 제품을 선물로 증정하는 이벤트를 준비했다.

결과는 어땠을까? 소비자 입장에서는 사과즙을 다 먹은 후 물로 헹궈서 보관하고 모아놓은 비닐 쓰레기를 다시 택배로 보내는 과정 자체가 굉장히 불편하고 번거로웠을 거다. 다행히 몇몇 회원이 이 수고스러운 과정에 동참했다. 하지만 제로웨이스트 개념이 희미했던 시절이라 수거된 양이 적어 제품화시키지는 못했다.

만약 지금 이 프로젝트를 다시 진행한다면 조금은 더 유의미한 결과가 나올지도 모르겠다. 아쉬움은 컸지만 포장 쓰레기 문제의 심각성을 일깨우는 역할을 했다는 것만으로도 충분했다고 자평했다. 그러나 지금 와서 생각해보면 결국 '회수'는 '소비'를 통해서만 가능하기에, 이 역시 그린워싱에서 완전히 벗어나지 못했다. 그래서 〈사과즙 파우치 수거 프로젝트〉는 내 마음속에서 아직 미완인 상태다.

온라인 과일가게는 종이 박스를 비롯해 플라스틱 완충재를 사용할 수밖에 없다. 유통사 입장에서는 완충재를 덜 써서 발생하는 제품 파손 컴플레인과 C/S 과정에서 소요되는 시간 비용과 처리 비용을 생각하면 애

작고 단단한 마음,

초부터 조금 과하게 포장해서라도 파손 사고 발생률을 낮추는 것이 더 편리하고 경제적이다.

하지만 쓰레기 문제를 인식한 순간 간과할 수 없었다. 아무리 머리를 굴려봐도 자연에서 빠르게 분해되는 특수 소재의 포장재를 개발하거나 과일에 충격이 가해지지 않는 최첨단 물류 및 배송 시스템을 구축하지 않는 이상 당장 내가 쓰레기를 줄이기 위해 할 수 있는 일이 없어 보였다. 과일장수를 그만두고 포장재 만드는 연구소와 공장을 차릴까 진지하게 고민했다. 문제의식은 충분했고 소비자들의 공감대도 형성되어 있었지만 딱히 대안을 만들지 못하는 답답한 상황이 지속되었다.

무엇이라도 해보자는 마음으로 플라스틱 완충재 사용을 줄여보기로 결심했다. 우선 '완충재 한 개 덜 넣기'에 도전했다. 과일에 멍이 조금 들어도 쓰레기를 줄이는 게 먼저라는 절박함에 감행한 무모한 도전이었다. 판매하던 과일 중에 완충재 사용량이 가장 많은 사과부터 바꿔보기로 했다. 사과 포장에 사용되는 플라스틱 완충 포장재는 크게 바닥에 까는 그물망 패드와 사과를 담는 난좌卵座, 그리고 사과를 감싸는 팬캡, 이렇게 세 종류로 구성된다. 그물망 패드와 팬캡은 충격 흡수 기능이 필수라 PE(발포폴리에틸렌) 소재로 만들고 난좌는 PS(폴리스티렌) 소재가 일반적이다. 모두 현재 우리나라의 분리수거 시스템 하에서는 재활용이 불가능한 폐기물 쓰레기다.

무엇을 없앨 수 있고, 무엇을 덜 쓸 수 있을까를 생각해보니 팬캡이 제일 먼저 눈에 들어왔다. 배송 중 사과끼리 부딪혀서 멍이 드는 것을 방지하기 위해 습관처럼 사용하던 팬캡은 상자의 위아래에 종이 골판지를 넣어 유격을 없애 사과가 흔들리지 않게 한다면 제거 가능할 것 같았다. 실제로 택배를 보내 테스트를 몇 번 진행했는데 다행히 큰 사고는 없었다. 그물망 패드는 그만큼의 충격 흡수 기능을 대체하는 소재를 찾지 못해 보류할 수밖에 없었다. 떨어지고 던지는 일이 다반사인 속칭 '까대기' 과정을 거치는 택배 물류 시스템에서는 바닥의 충격 흡수가 제일 중요했기 때문이다.

남은 건 난좌였다. 없애는 건 불가능해 보였고, 소재를 변경하는 쪽으로 방향을 틀었다. 찾아보니 종이 난좌를 제작하는 공장이 있었다. 어차피 발생할 쓰레기라면 재활용이 어려운 플라스틱보다는 재활용률이 우

작고 단단한 마음,

수한 종이가 당연히 나왔다. 2017년 장수 신농영농조합법인의 사과를 판매하면서 조합원들에게 기존 폴리스티렌 소재의 난좌를 종이 난좌로 교체하는 방안을 제안했고, 공씨아저씨네의 판매 방식과 철학에 공감하고 동참 의사를 밝힌 조합원들이 선뜻 종이 난좌를 구입해주었다. 가격은 서너 배 비쌌지만 충격을 흡수하는 기능성 면에서도 종이 난좌가 나았다.

지금은 많은 사과 농장에서 종이 난좌를 사용한다. 저렴한 폴리스티렌 소재의 포장재를 종이로 대체해서 발생하는 부자재비 상승 이슈는 여전히 해결해야 할 숙제다. 제조업에서는 생산량이 늘면 제작 단가가 떨어지게 마련이라, 만약 종이 난좌 사용이 과일 포장의 기본값이 된다면 부자재비 문제 해결은 불가능하지 않다고 본다.

이것이 공씨아저씨네가 포장 쓰레기 문제를 개선하고자 했던 미천한 시도들이었다. 이후 세아유 농장의 토마토 포장 박스를 스티로폼에서 종이 박스로 변경하는 등 포장 시 발생하는 플라스틱 사용량을 줄이려는 노력은 멈추지 않았다.

나 하나 이런다고 세상이 바뀔 거라는 기대는 없다. 환경 문제를 개인의 실천으로 해결하는 것이 좋은 방법이 아니라는 것도 잘 알지만 그저 이렇게라도 해야 마음이 조금 편해질 것 같아 그랬을 뿐이었다. 아래에서부터의 혁명이니 하는 그런 거창한 것은 모른다. 하지만 눈에 밟히는 일을 그냥 넘어갈 수 없는 태생적 성향이려니 한다.

사과즙 파우치 수거, 플라스틱 포장재 줄이기, 종이 상자로의 전환 등을 실행하면서 꽤 괜찮은 일을 하고 있다는 보람을 느끼기도 했다. 그러나 오만이고 착각이었다. 아무리 노력해도 플라스틱 포장재를 완벽히 제거하지 못했고, 소재가 종이로 변경되었다고 해서 포장재가 친환경적으로 변했다고 할 수 없다. 사실 지구상에 '친환경 포장재'라는 것은 애초에 없다. 그 말 자체가 위장환경주의다.

자본주의 사회에서 포장이란 애초에 물건을 더 많이 팔기 위해 탄생했다. 유통업체도 쓰레기 발생의 주체라는 말이다. 포장 자체를 없애거나 포장재를 재사용하지 않는 이상 쓰레기 문제를 개선했다고 결코 이야기할 수 없다. 문제의식과 방향성은 명확했지만 내가 할 수 있는 일이 더 이상 없다는 현실을 마주하는 괴로움이 점점 커졌다. 아울러 과거 프로젝트 진행 당시에는 미처 고려하지 못한 것들을 이후 발견하면서 회의가 들기도 했다.

대표적인 것이 플라스틱 빨대였다. 환경적인 측면에서 플라스틱 빨대를 제거 대상으로만 여겨왔다. 김초엽과 김원영이 쓴 《사이보그가 되다》를 읽으며 음료를 마시기 위해서 반드시 빨대를 사용해야만 하는 장애인과 환자의 존재를 접했다. 게다가 '주름 빨대'가 이들을 위해 개발되어 세상에 나왔다는 진실도 마주했다. 환경을 위한다는 명목으로 대체제로 사용되는 종이 빨대는 물에 쉽게 녹아 흐물거리고 휘어지지 않아 신체 능력이 저하된 사람들에게는 자칫 위험한 상황을 발생하게 할 수도 있다.

"플라스틱 빨대를 둘러싼 일련의 논쟁은 기술과 장애의 관계가 대단히 복잡하다는 것, 더불어 특정한 진보적 가치를 위한 운동이 다른 권리 운동과 충돌할 수도 있다는 것을 보여준다. 환자와 장애인을 위해 개발된 주름 빨대는 주류화되어 어디서나 구할 수 있게 되었지만, 다른 한편 그 주류화를 통해 원래의 목적이 잊히고 말았다. 장애 접근성 이슈에서는 이처럼 자원 사용이나 환경 문제와 관련된 또 다른 충돌이 생길 가능성이 얼마든지 있다. 어떤 충돌 지점에서는 결국 격렬한 논쟁이 필요하다(《사이보그가 되다》)."

과일로 바라본 세상에서 벌어지고 있는 차별과 부조리한 문제를 조금이나마 해결하겠다고 떠들었지만 정작 스스로 차별을 행하고 있었다는 생각이 들었다. 환경을 위해 실천한 나름의 노력이라 여겼던 것들이 철저한 에이블리즘Ableism(비장애중심주의)에 갇힌 사고였음을 자각했다. 나를 되돌아보는 계기였다. 이후 어떤 메시지를 전달하고 실천할 때 그로 인해 혹시 피해를 보는 대상은 없는지 더 고민하고 더 많이 생각하게 됐다.

지구는 더욱 병들고 쓰레기는 계속 늘어간다. 다양한 시도를 해보았지만 여전히 개선되어야 할 것투성이인 현실을 마주하며 효능감은 사라지고 무력감은 커졌다. 플라스틱 우울증이라고 해야 할까? 아무것도 만들어내지 않는 게 최선이라는 결론 외에는 다른 해법을 찾지 못한 정체 상태가 지속되고 있다. 자본주의와 환경주의의 동행은 점점 불가능해 보인다.

작고 단단한 마음,

어린 시절 동네 과일가게의 사과는 나무 궤짝에 담겨 있었다. 송판으로 얼기설기 만든 궤짝은 견고하지는 않지만 대충 만든 것치고는 꽤 튼튼했다. 상자 안을 신문지로 한 번 감싸고 그 안에 왕겨를 가득 채워 사과를 담았다. 왕겨 안에 손을 넣어 마치 보물찾기를 하듯 사과를 꺼내던 감촉이 생생하다. 다 쓴 사과 궤짝은 뒤집어 아이들 책상이나 선반으로 재사용되기도 하고, 드럼통 안으로 들어가 겨울철 공사장 노동자들의 몸을 녹여주는 중요한 연료가 되기도 했다. 버릴 게 없었다.

시대가 흘러 나무 궤짝은 종이 상자가 되었고 훌륭한 천연 완충재 역할을 하던 왕겨는 플라스틱 난좌와 팬캡이 대체했다. 난좌는 원래 새의 둥지에서 알을 낳아 품는 알자리를 의미한다. 맨몸으로 태어날 새끼의 몸이 처음으로 닿는 공간이기에 새들은 난좌에 이끼나 깃털 같은 푹신한 재료들을 깔아준다.

새들의 생태에 관한 책을 읽는데 문득 나무 궤짝 왕겨 안에 파묻힌 사과와 둥지 속 푹신한 알자리에 낳은 새의 알이 완벽하게 닮아 있다는 생각이 들었다. 지금은 PE 소재 팬캡이 그 기능을 대체하고 있지만 과거에는 왕겨가 완충재 역할을 톡톡히 해냈다. 사실 포장 쓰레기 문제는 자연의 재료들을 포장재로 활용했던 시절에서 포장을 위한 포장재를 만드는 시대로 넘어오며 발생한 문제다.

문득 새들이 둥지를 만드는 자연의 방식을 그대로 닮은 예전의 포장 방식에서 해법을 찾을 수 있지 않을까라는 질문이 피어올랐다. 간편하고 깔끔함을 추구하는 현대적 삶의 방식에서 왕겨를 가득 담은 포장 방식으로 되돌아가는 것이 불가능에 가깝다는 것을 모르는 바 아니다. 농촌이라면 거름이나 연료로 바로 전환되는 왕겨가 도시에서는 처치 곤란 쓰레기가 될 것 또한 불 보듯 뻔하다. 그럼에도 왕겨의 시절로 돌아갈 수는 없을까? 우리의 삶의 방식을 전환한다면? 하릴없이 재차 질문을 던져본다.

작고 단단한 마음,

조금은
불친절할지라도

**과일장사에
디테일을 더하다**

   공씨아저씨네는 성수동에 위치한 커뮤니티 오피
스에 입주해 있다. 다양한 사회·환경 문제를 혁신적인
방법으로 해결하는 임팩트 지향 조직이 모여 있는 곳이
다. 운 좋게 입주 기회를 얻어 많은 것을 배우고 있다. 공
간 운영사는 입주 멤버들과 함께 실천할 수 있는 여러
가지 기획도 시도한다. 작년에는 노동절을 맞아 〈뮤지
션 하림의 퇴근길 버스킹〉이라는 작은 콘서트를 로비에

서 열기도 했다. 건물에서 일하는 모든 노동자들을 위한 깜짝 선물이었다. 작은 것에서 오는 감동이 더 오래가는 법이다.

2020년에는 환경 문제 개선을 위해 입주 멤버가 할 수 있는 작은 실천을 월별로 포스터로 제작해 알리는 캠페인을 벌이기도 했다. 매달 1일이 되면 새로운 포스터가 건물 곳곳에 붙었다. 4월은 쓰레기 분리배출에 대한 메시지였다. 분리배출 품목을 세분화해서 건물 내 쓰레기통의 종류를 늘렸음을 알리며 멤버들에게 좀 더 꼼꼼한 분리배출을 독려했다. 재활용률을 높이기 위한 쓰레기통의 작은 변화였다.

엘리베이터에서 만난 포스터를 보며 디테일에 관해 생각했다. 2019년 이탈리아 여행 중 피렌체에서 본 분리배출 쓰레기통의 모습이 스쳐갔다. 분리배출 품목을 사진으로 빼곡하게 나열해 부착해놓은 것이 인상적이었다. 도식화된 일러스트가 아니라 실제로 판매되는 병, 플라스틱 용기들의 제품 사진을 품목별로 상세하게 나열하니 훨씬 직관적이었다. 무엇을 어디에 넣어야 할지 헷갈리지 않았다.

아는 것과 눈에 보이는 것의 차이는 크다. 표지판

작고 단단한 마음,

의 역할이 그러하지 않은가? 변화는 디테일과 작은 것에서 시작한다고 믿는다. 엘리베이터에서 마주한 포스터의 역할은 그래서 중요했다. 캠페인 방식에서 딱 한 가지 아쉬웠던 점은 '종이'였다. 건물 곳곳에 붙어 있는 종이 포스터를 볼 때마다 다른 홍보 방법은 없었을까 생각했다.

공씨아저씨네는 십수 년 동안 과일을 팔면서 회사 소개서는 물론이고 '과일 보관법', '과일 맛있게 먹는 법' 같은 흔한 리플릿 한번 만들어본 적이 없다. 온라인을 기반으로 하는 커머스 회사는 종이 쓰레기가 될 리플릿을 만드는 것보다 가능한 모든 메시지 전달을 온라인에서 끝내는 것이 좋다고 생각해왔다.

과일 박스 안에 여러 가지 인쇄물을 함께 넣었을 때의 장점을 잘 알고 있다. 정보 제공의 기능 외에도 소비자들에게 순간의 작은 감동을 줄 수 있다. 그러나 그것은 잠시뿐, 예쁜 쓰레기로 생을 마감한다. 2018년 사이트 리뉴얼을 하면서 첫 화면 배너에 '최소한의 포장으로 쓰레기를 줄이겠습니다. 지구와의 행복한 동행을 이어갑니다'라는 문구를 넣었다. 종이 인쇄물은 지금도 넣지 않는다.

어느 출근길, 아파트 엘리베이터에 부착된 분리 배출 안내문에 눈이 갔다. 종이 박스를 배출할 때 박스에 붙어 있는 박스 테이프와 택배 송장 등의 부착물을 완전히 제거하고 쫙 펴서 배출해달라 쓰여 있었다. 테이프와 스티커 때문에 종이 재활용 업체에서 어려움을 겪는다는 소식이 언론에 소개된 이후다.

안내문이 부착된 지 한 달 만에 종이 구역 분리 수거장의 모습이 달라졌다. 무분별하게 마구잡이로 던져져 있던 직육면체의 박스들이 마른오징어처럼 납작해져서 차곡차곡 쌓이기 시작했다. 그동안 하기 싫어서 안 하고 있었던 것이 아니라 몰라서 못 하고 있었을 뿐이었다.

공씨아저씨네 또한 박스에 붙인 스티커 하나가 재활용될 수 있는 자원을 폐기물로 만들어버릴 수 있다는 상황을 알게 된 이후 박스에 택배 송장을 제외하고는 작은 스티커 하나 붙이지 않으려고 노력한다.

2018년 중국이 쓰레기 수입 금지를 선언하며 아파트 분리수거 업체의 수거 거부로 발생한 쓰레기 대란은 큰 충격이었다. 수도권을 비롯한 전국 대도시 아파트에서 몇 달간 비닐, 혼합 플라스틱, 재활용품 수거가 중

작고 단단한 마음,

단되어 단지 곳곳에 쓰레기 산이 만들어졌다. 쓰레기 문제에 오래전부터 관심을 가져왔지만 본격적인 공부를 시작한 건 이때다. 우리나라의 쓰레기가 해외로 수출되고 있었다는 현실도 다큐멘터리를 통해 접했다.

저널리스트 헤더 로저스가 쓴 《사라진 내일》을 통해 자본주의 사회에서 쓰레기가 발생하고 처리되어 온 역사를 접하고 나서야 비로소 쓰레기 문제의 본질이 명징하게 보였다. 쓰레기까지 부자 나라에서 가난한 나라로 이동하고 있는 힘의 논리 앞에 무력감이 느껴졌다.

《그건 쓰레기가 아니라고요》는 쓰레기 박사로 잘 알려져 있는 자원순환사회경제연구소 홍수열 소장이 국내 쓰레기 분리배출의 실태와 재활용 정책이 나아가야 할 방향성을 명확하게 제시해주었다는 점에서 큰 도움을 받은 책이다.

우리나라는 비교적 분리배출이 잘되고 있는 나라로 알려져 있는데 칫솔이나 볼펜처럼 아직도 재활용 가능 유무가 헷갈리는 재질의 물건들이 있다. 장난감 레고도 그중 하나인데, 플라스틱 포장재는 여섯 개의 재질로 구분해서 표기되어 분리배출 가능 유무 식별이 쉽지만 완제품 플라스틱은 그렇지 않은 것들도 있다. 칫솔,

볼펜, 레고는 재활용이 불가능한 소재는 아니지만 재활용되기 어렵다. 우리가 플라스틱으로 배출하면 선별장에서 다시 폐기물로 분류해야 하는 불필요한 이중 작업을 하게 된다는 의미다. 모든 사람이 분리배출 품목별 재질까지 세세하게 암기하지는 못한다. 피렌체의 쓰레기통처럼 분리배출 품목을 최대한 상세하게 표기해서 분리수거장에 부착해 재활용 방해 요소를 사전에 제거한다면 재활용률을 조금 더 높일 수 있을 것이다. 우리 동네 아파트 분리수거장의 변화에서 시민 의식을 이미 확인할 수 있었다. 단지 알지 못했을 뿐이라는 것을.

그렇다고 디테일한 분리배출이 쓰레기 문제를 해결하는 정답은 아니다. 절대 간과해서는 안 될 것이 있다. 철저한 재활용보다 쓰레기 발생 자체를 줄이는 것이 먼저라는 자명한 사실이다. 그리고 쓰레기는 '배출하는' 소비자가 아닌 쓰레기를 '만든' 생산자에게 책임이 있다. 《사라진 내일》에서 헤더 로저스는 말한다.

"재활용에는 많은 이로움이 있지만 (중략) 더 깊은 구조 변화가 있어야 진실로 쓰레기 위기에 대응할 수 있다. 재활용은 해롭고 필요 없는 쓰레기에 맞서는 환경운

작고 단단한 마음,

동의 투쟁에서 마지막 방어선이다. (중략) 생산과 소비를 줄이는 것, 그리고 물자를 재사용하는 것만이 쓰레기를 상당히 줄일 수 있는 길이고 먼 앞날을 내다보는 해결책이다."

2018년 쓰레기 대란을 겪으며 우리는 그동안 안정적인 수거 시스템 덕분에 제시간이 되면 눈앞에서 자연히 사라졌던 쓰레기들을 처음 마주했다. 이 쓰레기들이 어디로 가서 어떻게 처리되는지 관심조차 갖지 않았던 우리들은 수거되지 않고 쌓여 있는 집 앞의 쓰레기를 마주하고서야 비로소 쓰레기의 심각성을 인식했다. 쓰레기를 줄여야 한다는 사회적 공감대가 형성되었고 비록 위장환경주의라 할지라도 입 밖으로 '환경'을 내뱉는 기업들이 늘었다. 한 걸음 더 나아갈 수 있는 사회적 분위기가 무르익고 있을 바로 그 시기에 팬데믹이 돌연 시작되었다.

집합 금지 명령으로 카페에서 커피 한 잔 마시는 것도 힘들었던 시절, 감염 위험성 때문에 정부는 매장에서의 다회용기 사용을 억제하고 일회용품을 '권장'했다. 누구도 일회용품을 사용하면서 죄의식을 갖지 않아도 되는 상황으로 전세가 역전되었다. 힘들게 만들어온 시민 의식이 일순간 물거품처럼 사라졌다. 일회용품이 처음 세상에 나왔을 때 소비자에게 어필했던 두 요소가 '위생'과 '편리'인 점을 상기한다면 이상할 것도 없다.

이후 포스트 코로나 시대가 왔음에도 플라스틱 쓰레기는 전혀 줄지 않고 있다. 심지어 일회용 컵 보증금 제도를 실행하려던 찰나 소상공인들의 반대를 핑계로 보류되더니 결국 흐지부지되고야 말았다. 코로나가 플라스틱 사용량을 늘리기 위한 거대 석유 자본이 만들어낸 바이러스가 아닐까 의구심이 들 정도다.

배달 플랫폼 서비스(배달의 민족, 요기요 등) 런칭 소식을 처음 접했을 때 늘어날 어마어마한 일회용 플라스틱 용기가 눈앞을 아찔하게 스쳐갔다. 혁신적인 쓰레기 창출 비즈니스가 될 것 같았다. 우려는 완벽하게 적중했다. 수거 업체에서 더 이상 처리하지 못할 정도로 쌓여 있는 일회용 배달 용기를 주변에서 쉽게 볼 수 있다. 배달 플랫폼 비즈니스 회사에서 이 상황을 예상하지 못했을 리 없다. 그러나 항상 같은 이야기만 되풀이한다. 우리는 플랫폼만 제공할 뿐이라고. 염치없는 태도다. 불과 얼마 전까지도 중국집에서 음식을 배달할 때 가게의 그릇을 사용하고, 빈 그릇을 수거하는 방식이 일반적이었다. 재사용 그릇을 사용하는 게 불가능하지 않을 것이다. 배달 플랫폼 업체에서 주도적으로 발 벗고 나서야 할 문제다. 다회용기 대여 서비스를 하고 있는 회사들도 이미 많다. 지자체와 연계해서 지역별로 충분히 풀어갈 수 있는 문제라고 본다.

자본주의 사회에서는 부의 축적 과정에서 환경 비용(환경 파괴)은 늘 무시되어 왔다. '구더기 무서워 장 못 담글까'라는 속담이 있다. 다소 방해되는 것이 있다 해도 마땅히 할 일은 해야 한다는 말이다. 무서운 말이다. 개발과 성장을 우선 가치로 두는 사회에서는 의도적으로 기술 발전의 속도보다 제도가 앞서지 못하게 한다.

성공한 스타트업 창업자들을 보면, 일단 뛰어들고 보는 퍼스트 펭귄의 성향이 강하다고 한다. 구더기를 두려워하지 않는 부류다. 성장과 혁신만을 목표로 달려온 우리 사회가 낳은 문제들이 이제 우리 앞에 펼쳐져 있다. 지구의 생존을 1순위에 두어야 할 지금, 기업들이 갖춰야 할 필수적인 자질이 하나 추가되었으면 한다.

나는 그것이 겁怯이 되길 바란다. 편리하고 새로운 서비스를 론칭하기에 앞서 먼저 구더기를 무서워하는 마음을 가졌으면 한다. 대수롭지 않게 여기던 구더기가 우리를 덮칠 거대한 괴물로 변신하는 것을 우리는 코로나를 겪으며 이미 보았다. 유명 드라마의 대사처럼 이러다 다 죽을지도 모른다. 창조와 혁신의 퍼스트 펭귄보다 구더기를 무서워하는 겁 많은 쫄보가 필요한 시대가 아닐까? 쫄보가 인정받는 '쫄보의 전성시대'가 도래하길 꿈꿔본다.

소멸을 바라보며

**기후 위기와
과일장사**

  영화 〈호우시절〉의 제목은 중국 당나라의 시인
두보의 시 〈춘야희우春夜喜雨〉에서 가져왔다. 그의 시는
이렇게 시작한다. '좋은 비는 때를 알고 내린다(호우지시
절好雨知時節).' 시인이기 이전에 농민이어서였을까? 봄밤
에 내리는 반가운 비, 희우喜雨를 좋은 비, 호우好雨라고
표현한 것에서 해갈을 위한 봄비의 소중함을 말하는 농
민의 간절함이 느껴졌다. 동시에 '때를 알고 내린다知時

작고 단단한 마음,

節'는 대목에서는 가뭄이 지나면 비가 오기 마련이라는 자연의 순환과 섭리를 통찰한 시인의 혜안이 느껴졌다.

수렵과 채집의 시대를 지나 농업이 가능했던 것은 빙하기를 끝낸 홀로세*Holocene Epoch*의 안정적인 기후 조건 때문이었다. 그러나 인류세人類世, *Anthropocene Epoch*를 살고 있는 오늘날의 농업은 위태롭다. 예측 불가능한 날씨 때문이다. 꽃이 피어야 할 시기에 꽃이 피지 않고, 때를 모르고 내리는 비는 더 이상 반갑지 않다. 이러한 예측 불가함은 최근 몇 년간 극단으로 치닫으며 지속적으로 반복되고 있다. 두보가 환생한다면 2024년 여름의 호우豪雨는 뭐라고 표현할지 묻고 싶다. 기후 변화에 따른 수확의 불확실성 탓에 여름은 모든 농민과 과일장수에게 힘겨운 계절이 되었다.

가장 직접적인 1차 피해는 농민의 몫이다. 가뭄으로 고생하는 농촌에 내리는 봄비는 여전히 약이지만 '적당히'를 상실한 근래의 여름비는 독에 가깝다. 어느 해 복숭아 밭에 갔을 때는 밭이 텅 비어 있었다. 전년에 내린 폭우 때문에 물이 빠지지 않아 뿌리가 썩어서 나무가 죽은 것이다. 절반 이상을 뽑아내고 새로 심었다. 새로 심은 나무에서 다시 복숭아를 먹으려면 4년을 기다려야 한다. 그것도 날씨 변수가 없을 경우다.

　　최근 몇 년 사이 비로 인해 가장 힘들었던 과일은 단연 복숭아였다. 보통 6월 중하순부터 9월 초순까지 수확하는데 꽃이 만개했을 때를 기준으로 90일 이내에 수확하는 품종을 조생종, 90일에서 120일 이내에 수확하는 품종은 중생종, 120일 이후에 수확하는 품종을 만생종으로 구분한다.

　　수확량을 기준으로 보면 장마가 끝난 이후 7월 중순부터 수확하는 중생종, 만생종의 재배가 주를 이루었고, 이 복숭아들이 맛도 좋았다. 그러나 최근 3년에서 4년간 중만생종을 수확하는 7월과 8월의 날씨가 급변했다. 2023년과 2024년에는 소나기라고 부르기에는 도를 넘은 스콜성 비가 반복되었고, 높아진 습도 탓에 과수 탄저병 피해를 크게 입었다.

　　사과와 복숭아 등에 주로 발생하는 과수 탄저병은 빗물과 바람을 타고 쉽게 번지는 곰팡이성 세균이다. 일상에서도 습도가 높을 때 곰팡이가 피듯이 탄저병의 주된 원인도 높은 습도다.

　　2023년에는 6월에 수확하는 조생종 '미황'부터

탄저병의 조짐이 보이기 시작했다. 여름 내 증상은 이어졌고, 결국 만생종 청도백도는 1차 출고 이후 더 이상의 수확을 포기했다. 2024년에는 중생종 '대옥아까쯔끼' 밭이 탄저병으로 초토화되어 판매하지 못했다.

탄저병은 나무에 달려 있을 때 발견되면 그나마 일찌감치 수확을 중단하고 판매를 포기할 수라도 있다. 하지만 수확하고 포장할 때까지 아무런 증상을 보이지 않다가 막상 배송을 시작한 이후에 증상이 발현되는 경우가 많다. 그래서 농민과 유통인에게 무섭고 공포스러운 존재다.

2024년의 사과 대란도 전년 봄의 냉해와 8월에 찾아온 과수 탄저병이 주요 원인이었다. 배송받은 직후만 해도 아주 작은 점 같은 홈이라 대수롭지 않게 여긴 것들이 하루만 지나도 50원짜리 동전 크기만 한 구멍들로 커지면서 과일을 금세 썩게 만든다. 이럴 때는 환불 처리밖에는 답이 없다.

탄저병 피해를 입지 않으려면 비가 온 뒤 햇볕 쨍쨍한 날씨가 며칠 이어지거나 낮 최고 기온이 25도 밑으로 떨어져야 하는데 지리한 비가 이어지는 날씨에는 방제를 아무리 해도 무용지물이다. 장마 시기가 불규칙

해지고, 집중 호우로 농사를 망치는 일이 잦아지다 보니 농민들은 자연스럽게 6월 중순 이전에, 조생종보다 더 빨리 수확하는 극조생종으로 품종을 바꾸기 시작했다. 장마가 시작하기 전에 모든 수확을 끝내려는 것이다. 요즘 인기 있는 신품종들이 극조생종 일색인 이유다. 어찌 보면 기후 위기 시대에 생존을 위한 자연스러운 적응과 변화일지도 모른다. 장마만 피하면 됐던 과거와는 다르다. 이제는 6월 중순부터 9월 하순까지 언제든지 비 피해를 입을 수 있는 날씨가 되었다.

"자연이 하는 일을 인간이 어찌하겠습니까?"

양영학 농민이 늘 하는 말이다. 농사 경력이 오래된 농민들은 모두 도인의 경지에 오르는 것일까? 여름이면 하루에도 일기 예보를 수십 번 확인하며 가슴을 졸이는 나는 이런 악조건 속에서 여름 농사를 이어가는 농민들의 정신력이 그저 존경스럽다.

벌꿀 이야기를 빼놓을 수 없다. 많은 소비자들이 농산물이라 생각하는 벌꿀은 사실 축산물이다. 닭을 길러 달걀을 얻는 것과 같이 벌을 길러 벌꿀을 얻는 개념이다. 다만 닭은 사료를 먹는 반면 꿀벌은 자연의 꽃을

작고 단단한 마음,

먹이로 삼는다.

공씨아저씨네는 2021년부터 벌꿀을 판매하지 못하고 있다. 생산자 김동호 농민의 건강 문제도 일부 있지만 가장 큰 이유는 채밀되는 꿀이 급감했기 때문이다. 우리나라에서 가장 많이 채밀되는 꿀의 밀원은 아까시('아카시아'라고 흔히 잘못 알고 있는)꽃이다. 국내 벌꿀 채밀량의 70퍼센트가 5월 중순 아까시꽃이 개화할 때 결정된다. 2021년에는 5월 중순의 잦은 비와 냉해 때문에 전국의 아까시 꿀이 전멸한 적이 있다. 2024년에도 비슷한 상황이 벌어졌다.

영국 가디언지는 2024년 1월 펜실베이니아주립대학PSU 연구 결과를 보도하며 "벌꿀 수확량의 감소는 꿀벌 서식지의 파괴, 기후 변화, 살충제, 질병 등의 영향을 받는다"고 전했다. 그중에서도 가장 큰 이유로 '기후 변화'를 꼽았다. 불규칙한 기후 변화로 곤충 생태계가 피해를 입는 것은 물론, 토양 식물(꽃)의 생산성이 낮아졌기 때문이다.

포항공대신문도 "평년보다 기온이 올라간 겨울 날씨가 지속되면서 원래라면 동면에 들어가야 할 꿀벌들이 먹이를 채집하러 나서게 되는데, 이때 꿀벌 대부분이 외부의 큰 일교차를 버티지 못하고 죽는 현상이 일어나고 있다"고 전했다.

꿀벌은 단순히 꿀을 제공하는 역할뿐만 아니라 과채의 수정 매개체로서 농업에 미치는 영향이 막대하다. 이 업계에 있지 않은 사람들의 눈에는 꿀벌과 과일의 상관관계가 희미해 보일지 모르지만 과일가게 공씨 아저씨네에서 벌꿀을 판매하는 이유는 과일 생산의 근간을 꿀벌로 보기 때문이다. 꿀벌 수의 감소는 수정벌 가격의 상승으로 이어져 과채 농가의 농업 생산비 상승 요인으로도 작용한다.

이제 봄철이면 한 해 걸러 찾아오는 냉해는 사과 아리수에 동록을 만들 뿐 아니라 벌의 먹이인 꽃의 성장에도 제동을 걸어 벌꿀 생산을 장담하지 못하게 만든다. 아인슈타인의 주장이라고 잘못 알려진 "꿀벌이 멸종하면 인류도 4년 안에 사라진다"는 말은 누가 한 말인지의 출처를 따질 필요 없이 강력한 경고로 받아들여야 한다.

과일장수를 하지 않았다면 기후 변화를 이렇게까지 심각하게 체감하지 못했을 거다. 지난 10여 년간

작고 단단한 마음,

판매했던 과일의 수확 시기와 판매량, 날씨 변수 등을 기록하고 있다. 누적된 데이터를 모아놓고 보니 뚜렷이 보이는 현상이 있다. 상승한 겨울 기온이다. 가장 직접적인 타격을 받고 있는 여름 날씨뿐 아니라 꿀벌의 생존에까지 영향을 주는 따뜻해진 겨울 기온도 주목해야 한다.

2023년 제주는 초가을의 따뜻한 날씨가 겨울까지 이어졌다. 11월 초 감귤 농장에 방문했을 때도 초여름 날씨를 보였고, 12월 감귤을 수확할 때 박성익 농민은 반팔을 입고 있었다. 어느 해보다 감귤 판매를 빨리 종료했다. 겨울철 날씨가 따뜻하면 감귤의 산이 빨리 빠지고 저장성도 급격히 떨어진다.

다음 해의 제주 날씨는 더 가혹했다. 가을까지 이어진 전례 없던 늦더위 탓에 지친 감귤나무들이 살기 위해 스스로 열매를 우수수 떨어뜨렸다. 제주도 내 감귤 생산량이 절반으로 줄었다. 이는 곧 감귤 가격 상승으로 이어졌다. 레드향도 이상 고온으로 과일이 터지는 열과 증상이 심각해 농업 재해 피해 보상 이야기까지 나왔다. 가격이 너무 많이 올라서 우리 가게는 2025년 1월의 레드향 판매를 포기했다.

농민들은 겨울이 따뜻하면 이듬해 농사가 힘들다는 이야기를 많이 한다. 겨울은 지온도 낮아지며 땅속에 숨어 있던 해충이 자연스럽게 박멸되는 기간인데 따뜻한 날씨에 살아남은 해충이 다음 해의 농사에 피해를 입히기 때문이다. 해충의 증가는 결국 농약 사용량을 증가시키는 더 큰 문제를 야기한다.

사람의 체온은 1도만 올라가도 고열로 사망할 수 있다. 감기로 0.5도만 체온이 올라도 우리 몸은 끙끙 앓는다. '기후 변화'로는 그 심각성을 인지하지 못해 '기후 위기'라고 워딩을 전환했다지만 지구 온도 1도 상승이 가져오는 수많은 문제들을 눈앞에서 지켜보면서도 우리는 너무 무감각해 보인다.

여름이면 많은 사랑을 받아온 자두와 복숭아의 정기 구독 상품을 2023년부터 전면 중단했다. 비와 폭염으로 수확을 포기하는 품종이 절반에 이르렀기 때문이다. 이제 과일장수에게 여름은 덤으로 생각해야 하는 계절이 되었고, 감귤 없는 제주의 모습을 내 생애 마주할지 모를 일이다. 이미 감귤류의 재배가 전라도 지역까지 올라온 지 오래다. 시설에서 재배하는 만감류는 충청도에서도 수확이 가능하다. 대한민국의 과일 지도를 완전히 새롭게 개편해야 할 날을 목전에 두고 있다.

　　동종 업계에 종사하는 동료 세 명과 1년간 팟캐스트를 진행했던 적이 있다. 농업 분야의 다양한 전문가를 초대해 이야기를 나눴다. 농촌사회학을 연구하는 정은정 작가를 패널로 초대한 적이 있다. "대한민국 농업의 미래를 어떻게 보고 계십니까?"라는 나의 식상한 마지막 질문에 그는 이렇게 대답했다.

　　"우리가 할 수 있는 건 아무 것도 없습니다. 그저 농촌의 아름다운 소멸을 지켜보는 것뿐입니다."

　　사회학 연구자로서 그는 농촌의 소멸은 당연한 것이며 그저 아름답게 소멸할 수 있도록 최선을 다해 노력하는 것이 우리의 역할이라고 보고 있었다. 과일장수도 함께 소멸되는 미래를 잠시 떠올려 보았다. 비극적인 이야기였지만 아직도 내 가슴 한편에 저장되어 있는 문장이다. 왠지 그럴 것 같다.

명절이 과일을
망치고 있다

과일 적기 수확 원칙

장사하기 쉬운 때는 없지만 어려운 시기는 많다. 그중에서도 최고는 명절 직후다. 업종마다 차이가 있겠지만 농산물 시장에서는 농민과 유통업체가 공통적으로 힘든 시기다. 명절 연휴가 끝나고 열흘 정도는 가게 문을 닫는 것과 별반 다르지 않을 정도로 주문량이 미비하다. 명절 직후엔 보통 집에 먹을 게 많고 지출이 컸던 관계로 소비가 위축된 탓이다. 그래서 이때 유통업계

에서 흔히 행하는 판촉 방법은 가격 할인이다. 재고 소진에 가장 손쉬운 방법이기 때문이다. 해마다 반복되는 패턴이다. 만약 명절이 없다면 상황은 달라질까? 난 그렇다고 본다.

과일가게를 하면서 명절의 의미가 달라졌다. 민족 대이동의 대열에 합류하지 않고 여행을 떠나는 사람들의 숫자만 봐도 명절의 지위는 예전만 못하지만 명절의 선물 문화만큼은 아직 유효해 보인다. 1년을 명절 덕분에 먹고사는 농민과 유통인이 있음을 알고 있다. 그들에게는 조금 불편한 이야기가 될 수 있겠지만 명절을 앞두고 자연의 시간표를 무시한 채 과일을 조기 수확해 판매하는 유통 구조는 내 눈에 이상하게만 보였다.

명절은 과일 유통 시장의 핵이다. 제사 문화 덕분에 아직까지 설과 추석은 유통업계에서 대목으로 여기고, 과일은 빠지지 않고 명절 선물 목록에 포함된다. 명절 전에 수확하는 게 무리라는 것을 알면서도 속도위반의 달콤한 유혹을 견뎌내기란 쉽지 않다. 과수 농가에게 명절은 단기간에 많은 물량을, 그것도 좋은 가격에 판매할 수 있는 1년에 딱 두 번 있는 절호의 기회이기 때문이다.

반면 숙기가 아닌 과일을 차마 딸 수 없어 명절 이후로 수확을 미루는 농민에겐 명절이 원망스럽다. 명절 이후는 가격의 이점도 없고, 유통업체에서도 판매가 부진한 시기이기 때문이다. 신념을 지키는 대가치고는 너무 쓰다. 그리하여 결론은 많은 농민이 재배 방법과 수확 시기를 '절기와 날씨'에 맞추는 것이 아니라 '설과 추석'에 맞춘다. 이 지점이 농산물 시장 구조를 뒤틀며, 제대로 맛이 들지 않은 과일을 수확해 유통하는 '과일 조기 수확' 문제를 야기한다. 정상적인 방법이 아니라는 것은 농민도, 유통인도 모두 잘 알고 있다.

우리는 설에 어떤 제철 과일을 먹을까? 사과와 배는 제외다. 설에 판매하는 사과와 배는 전년 가을에 수확해놓은 저장 과일이기에 제철이라 할 수 없다. 보통 설에 많이 만나는 제철 과일은 제주도에서 재배하는 만감류다. 그렇다면 만감류인 레드향, 한라봉, 천혜향 등의 최적 수확 시기는 언제일까?

결론부터 말하자면, 정답은 없다. 음력으로 계산하는 '설'이 언제 있느냐에 따라서 수확 시기를 설 대목

작고 단단한 마음,

에 맞춰서 조절하기 때문인데, 그래서 실제 제철과 관계없이 시장에서는 설이 만감류의 제철이 된다. 설이 임박하면 레드향, 한라봉, 천혜향이 시장에 동시에 나오다 보니 소비자는 당연히 그때를 해당 과일의 제철로 인지한다.

포도 '샤인머스캣'의 제철은 10월 중하순이지만 추석에 맞춰 조기 수확을 하는 농가들이 대다수고, 저장 기술의 도움을 받아 장기 보관하여 이듬해 설에 시장에 풀리는 물량도 어마어마하다. 결국 원래의 제철만 쏙 피해서 명절 특수만 노리는 명절 전문 과일이 되었다.

그토록 명절에 맞춰 수확해서 시장에 내는 이유는 거듭 이야기하지만 단 하나다. 명절 전과 후의 시장 가격이 하늘과 땅 차이기 때문이다. 농민과 유통업체는 명절 전에 판매를 다 끝내려고 안간힘을 쓴다. 물론 그 많은 양을 명절 전에 전부 소진하는 건 불가능하다. 그래서 설에는 명절 이후에도 본연의 맛이 아닌 만감류가 시장에 나와 소비자를 교란시킨다.

만감류의 제철 시기는 제주도 내에서도 제주시와 서귀포시가 다르다. 날씨가 다르기 때문이다. 지역과 재배 방식에 따라서도 숙기에 차이가 나고, 지구 온난화와 수입산 오렌지와 경쟁을 피하기 위해 수확을 조금씩 앞당기기도 한다. 그래서 단정하긴 어렵지만 평균적으로 레드향은 1월 초중순, 천혜향과 한라봉은 2월 하순에서 3월 초는 되어야 제맛이 든다.

양력 기준으로 최근 5년 사이 1월에 설이 있던 2020년과 2023년, 두 해는 설 선물로 레드향은 꽤 괜찮은 선택이었다. 설과 제맛 드는 시기가 잘 맞아떨어졌다. 반면 한라봉은 민망한 선물이 되었다. 1월의 레드향은 적기지만 1월의 한라봉은 많이 빠르다. 당해 레드향을 선물로 받은 사람은 맛있게 먹었지만, 한라봉을 받은 사람들은 시다 했을 거다. 설에 풀리는 한라봉은 인위적으로 산을 빼지 않는 한 대체적으로 산미가 강할 수밖에 없다. 신맛을 아주 좋아하는 사람들이 아니고서야 인상을 찌푸릴 만큼 시다.

과일마다 가지고 있는 고유의 성질이 있다. 레드향은 신맛이 약하고 빨리 사라지는 반면에 한라봉은 신맛이 강하고 오래 유지된다. 장점이나 단점으로 특징지을 수 없는 품종의 특성이다. 그래서 한라봉 농가에서는

작고 단단한 마음,

설에 맞춰 시장에 과일을 내기 위해 인위적으로 산미를 빨리 뺀다. 그런데 산미가 강하고 오래 지속된다는 것은 저장성이 좋다는 의미이기도 해서 한라봉은 다른 만감류에 비해 더 오랜 기간 저장해서 유통할 수 있는 강점을 가진다. 2007년 4월에 제주 전통 시장에서 판매하는 한라봉을 아주 맛있게 먹은 기억이 있다. 그때까지 산미가 유지되었기 때문이다.

레드향은 산미가 정말 초스피드로 빠진다. 심지어 수확 후 일정 기간이 지나면 신맛은 물론이고 단맛도 느껴지지 않는 무無맛으로 변해버리는 특이한 성질의 과일이다. 사실 제때에 먹으면 될 일이다. 그렇다고 소비자가 모든 과일의 적정 수확 시기와 과일별 특성을 세세하게 기억할 수는 없다. 그래서 농민과 유통인이 제때에 수확해서 유통하는 일이 중요하다.

너무 일찍 수확해서 신맛이 강하거나, 수확한 지 너무 오래돼서 고유의 맛과 향을 잃어버리는 피해는 고스란히 소비자의 몫이다. 구멍가게 주인장인 나에게 판매량을 늘리는 방법은 많은 회원 수보다 높은 재구매율이다. 제철이 아닌 과일을 판매하면 결국 내 손해다. 어느 해에 맛있다는 소문을 듣고 찾아왔는데 다음 해에

별로면 소비자는 고민 없이 발길을 돌려 더 맛있는 과
일가게를 찾아 떠난다.

　　과일 유통 시장의 맥락을 알고 그동안 만감류를
먹었던 시기를 반추해서 본다면 해마다 변하는 만감류
맛의 원인이 어디에 있었는지 어렵지 않게 알 수 있다.
　　설 이후에도 많은 만감류들이 시장으로 나온다.
어쩌면 설 이후에 수확해서 판매했어야 할 것들이었지
만 대부분 명절 특수를 노리고 설 이전에 수확했다가
다 팔지 못한 것들이다. 이렇게 되면 같은 과일이라도
재고의 개념이 된다. 제때에 수확하지 않은 과일들의 맛
이 좋을 리 없다. 설 전에 이미 소비자들에게 외면받은
과일의 남은 운명은 오직 가격 할인뿐이다. 결국 우리는
과일이 제일 맛있을 때 먹는 당연한 권리를 누리지 못
한 채 유통 시장의 편의에 따라 과일을 소비하고 있다.
　　만약 만감류가 설 특수를 피해서 정상적인 숙기
에 재배되고 유통된다면 가격은 오히려 안정될 것이며
농민들은 더 나은 소득을 얻을 수 있다고 나는 확신한
다. 소비자도 더 다양하고 맛있는 과일을 누릴 수 있게
된다. 내 눈에는 이게 정상이고 모두에게 이득인 것 같

　　　　　　　　　작고 단단한 마음,

은데, 왜 이리 어려운 걸까? 중요한 건 소비자에게는 선택의 기회조차 없다는 것이다.

가을 추석도 상황은 비슷하다. 최근 아리수의 약진이 매섭지만 추석 시장을 점령하는 사과는 여전히 '홍로'다. 추석도 설과 마찬가지로 음력으로 계산하면 해마다 다른데, 2024년의 추석은 빨랐다. 제대로 맛이 든 홍로가 있을 리 만무했다. 그러나 아랑곳 않고 시장마다 홍로가 가득했다. 추석 이후의 홍로는 찬밥 신세가 되니 별 수 있는가. 역시나 홍로는 제때를 잃은 채 앞당겨 수확됐다. 심지어 10월 하순에 수확하는 시나노골드까지 조기 수확하여 추석 사과로 시장에 나타났다. 그 맛은 상상만 해도 끔찍하다.

추석에는 한 가지 변수가 더 있다. 태풍이다. 시설 재배 농가들은 강풍에 하우스가 날아가는 것을 막기 위해 하우스 비닐을 일부러 찢을 정도로 농민에게 태풍은 가히 두려운 존재다. 사과 농가에서는 수확 전 태풍 상황에 모든 촉각을 곤두세운다. 태풍 예보가 있으면 낙과 피해를 막기 위해 태풍이 오기 전 사과 수확을 전부 마쳐야 한다. 그때는 완전한 숙기를 기다리는 것보다 사과를 살리는 게 먼저다. 그래서 설과 추석을 비교하면 농민과 유통인에게 추석이 몇 배는 더 힘들다.

매해 명절을 앞두고 회원들이 이번 명절에 공씨아저씨네에서 파는 과일은 뭐냐고 묻는다. 내 대답은 "그때그때 달라요"이다. 아무것도 파는 게 없다고 명절 전에 미리 공지를 하는 일이 부지기수다. 혹시라도 선물로 과일을 구매할 계획이 있는 회원들에게 다른 곳에서 구매할 시간적 여유를 주기 위함이다. 이유는 이미 설명했듯 해마다 변하는 추석에 따라 9월에 재배하는 사과 홍로와 아리수의 추석 전 판매 여부가 결정되고, 설에는 날짜가 잘 맞아야 레드향 정도만 판매가 가능하기 때문이다. 한라봉과 천혜향은 언제나 설 이후에 판매한다.

예전에 설에 맞춰서 판매했던 시기도 있었다. 거래하던 협력 농가가 설에 맞춰서 수확 시기를 조절했기 때문에 어찌할 수 없었다. 한 농민이 재배하는 과일 전량을 내가 다 책임지지 못하는 이상 수확 시기를 정할 때 고집을 부릴 수 없다. 이렇듯 이 문제에는 '농민'과 '유통인', 그리고 '소비자' 모두가 얽혀 있다. 문제를 풀어가는 주체 역시, 우리 모두가 되어야 한다.

작고 단단한 마음,

"결국 육식과 채식의 문제를 옳고 그름의 문제로 가두면 기르고 잡고 먹는 이들은 '그른 사람'이 돼버리기 때문이다('생명이고 상품이면서 생존, 고기는 복잡하다', 정은정, 한겨레 21 제1424호)."

명절 유통 시장에도 이는 동일하게 적용된다. 명절 대목에 맞춰 재배하고, 유통하고, 먹는 오랜 관행을 옳고 그름의 잣대로만 평가하면 결국 누군가를 그른 사람으로 만들 수 있다. 많은 이들의 먹고사는 문제가 달린 일이기에 단순히 이분법적 논리로 결론 내릴 수 없는 난제다.

명절에 맞춰 과일을 파는 것과 명절과 관계없이 과일을 파는 것에 매출에는 얼마나 차이가 있을까? 크다. 아주 크다. 충분히 각오했던 일이지만 설에 맞춰서 만감류를 판매했던 시절과 설 이후 제철에 판매하는 지금을 비교하면 한라봉과 천혜향은 판매량이 절반 이하로 줄었다. 명절과 관계없이 과일을 재배하는 농민을 찾는 일은 그래서 어렵고도 어렵다.

그러나 나는 여전히 명절 대목에 한몫 잡기보다 제철에 수확한 제대로 된 과일 맛을 사람들에게 보여주고 싶다. 그것이 내가 이 일을 하는 재미이자 의미다.

2021년 '이렇게 된 이상 친환경으로 간다'는 목표로 친환경 만감류 재배 농가를 찾았던 것도 친환경 농업을 하는 농민들은 대부분 명절에 맞춰 인위적으로 수확 시기를 조절하지 않는 이유도 컸다.

공씨아저씨네는 문을 연 날보다 닫혀 있는 날이 더 많은 이상한 과일가게다. 명절 전에 아무것도 팔지 않는 게 더 이상 어색하지 않다. 명절과 무관하게 과일가게를 운영한다는 것은 상상 이상의 각오와 희생을 필요로 한다. 가게 문을 닫는 것과 별반 다르지 않는 조건의 시기에 과일을 팔아야 하기 때문이다. 2024년 가을 사과 아리수는 추석 연휴가 끝나고 3일 뒤에 판매를 시작했다. 나는 여전히 이 방식이 좋다. 내가 옳다는 주장이 아니다. 다만 이 방법이 순리에 따르는 길임은 확신한다. 과일장사를 하며 지키고 싶은 세 가지 다짐을 사이트 첫 화면의 배너로 만들어놓았다. 매일 보면서 잊지 않기 위해서다. 그중 첫 번째 문장이다.

"맛있는 과일의 비법은 없습니다. 잘 익을 때까지 기다렸다가 수확하는 상식을 지킬 뿐입니다."

해당 품종이 가장 맛있을 때, 잘 익었을 때까지

기다려 나무에서 수확하는 것이 '딸 때 따는 상식적인 과일가게, 공씨아저씨네'가 추구하는 최상위 가치다. 가장 맛있을 때 수확해서 보내는 그 하나만 생각한다. 배송을 명절에 맞출 수 없는 이유다. 과일은 우리가 원하는 날에 맞춰서 익어주지 않는다.

'단언컨대 명절이 없다면 여러분은 지금보다 더 맛있는 과일을 드실 수 있습니다'라고 늘 말한다. 명절에 먹는 과일보다 제철에 먹는 잘 익은 과일이 상식이 되었으면 한다.

신맛이 사라지고 있다

**과일의 다양성으로
세상의 다양성을 고민하다**

어린 시절 '홍옥'이라는 품종의 사과는 흔했다.
홍옥은 이름만 들어도 입에서 침이 고일 정도로 신맛이
아주 강한 사과다. 홍옥 좀 판매해달라는 회원들의 요청
이 최근 몇 년 사이에 많지만 홍옥을 재배하는 농가 찾
기가 어렵다. 강렬한 산미가 매력적인 홍옥은 신맛이 강
하다는 이유로 조금씩 외면받더니 결국 시장에서 거의
자취를 감췄다.

작고 단단한 마음,

감귤류의 시장 상황도 비슷하다. 갈수록 신맛을 꺼리는 소비자의 성향에 맞춰 감귤류 재배 농가도 산미를 낮추는 것에 혈안이 되어 있다. 2010년 즈음부터 국내에서 본격적으로 판매된 레드향은 어느새 설 명절 가장 인기 있는 선물이 되었다. 한때 최고급 과일의 지위를 누렸던 한라봉은 이제는 소비자들 머릿속에 그저 신맛이 강한 평범한 과일로 전락했고, 산미가 적고 당도는 높은 레드향 같은 과일만 인기몰이 중이다. 제주에서 새로 나온 신품종 감귤류의 특성을 보면 한결같이 고당도 저산미다.

대표적인 여름 과일 천도복숭아 중 7월에 수확하는 '선프레'는 다른 품종에 비해 유독 산미가 강해 소비자의 선호도가 해마다 낮아지고 있는 것을 피부로 느낀다. 이러한 현상을 반영하듯 신맛은 거의 없다시피 하고 당도는 높은 '신비', '옐로드림', '금홍' 등의 신품종 천도복숭아가 최근 인기다. 자연스레 농민은 시장의 소비자 트렌드에 맞춰 재배 품목을 전환해야 한다는 무언의 압박을 받는다. 이러한 현상은 모든 과일에 동일하게 나타나고 있다.

과일가게 15년 차. 장사의 최전선에 있다 보니 소

비자들 입맛이 변화하는 모습을 가까이서 목격해왔다. 단짠단짠 일색의 외식 문화와 망고로 대표되는 고당도 열대 수입 과일 소비량의 증가도 한몫할 것이다. 그래서 소비자 입맛 맞추기 제일 까다로운 시기가 새콤달콤한 과일을 판매할 때다. 대표적으로 여름에는 자두와 천도 복숭아, 겨울에는 감귤류가 그렇다. 누구는 '너무 맛있다' 하는데 누구는 '시다'고 컴플레인을 한다. 기준을 잡기 난해하다.

'달다'와 '시다'를 객관적인 데이터 당산비(당도와 산도의 비율)로 제시하는 것이 가능하지만, 단순히 당산 수치로만 맛을 완벽히 정의 내리는 것은 불가능하다. 맛은 그렇게 단순하지 않다. 맛에는 개인적인 경험에 기반한 주관적인 판단이 개입되기 마련이고, 특히 신맛에 대한 역치는 사람마다 달라서 더 어렵다.

패션에만 유행이 있는 것은 아니다. 과일 시장에도 유행이 있다. 아직도 많은 소비자가 생물로 알고 있는 가공 식품 '스테비아 토마토'가 대표적이다. 최근에는 스테비아만으로는 부족했는지 레몬향까지 추가로 주입한 '캔디허니 토마토'도 등장했다. 이 역시 가공 식품이다.

작고 단단한 마음,

포도 샤인머스캣과 천도복숭아 신비도 유행의 선두에 있는 품종이다. 거봉으로 유명한 경북 경산의 포도밭은 이미 샤인머스캣으로 대체되어 있다. 이런 식이면 우리나라에서 거봉이 자취를 감추는 것도 머지않았다. 우리 세대가 포도하면 떠올리는 대표 품종이 '캠벨얼리'이듯 요즘 세대에게 포도는 샤인머스캣이다.

자본주의 시장에서 유행은 기업(자본가)들이 새로운 소비를 부추기기 위해 의도적으로 만드는 것이다. 끊임없이 신제품을 생산하고 과거의 것은 낡았다는 인식을 소비자에게 심어야 지속적인 소비가 일어나기 때문이다. 1년생 과채류와는 달리 나무에서 재배하는 과일은 새로 접을 붙여서 수확하기까지 최소 3년에서 4년이 걸린다. 품종을 갱신한다고 해도 안정적인 수확량을 내는 데 짧아도 보통 4년에서 5년을 잡는다. 그 기간 동안 농민은 소득이 없다. 그러니 유행을 따라가는 건 농민 입장에서는 엄청난 도박인 셈이다.

과일 시장과 농산물 시장에서 특정 품종을 의도적으로 유행시키는 것의 위험성을 오래전부터 지적해 왔다. 인기라고 해서 품종을 갱신했더니 5년도 채 되지 않아 인기가 시들해진 경우를 어렵지 않게 만나기 때문이다. 귀족 과일로 명성을 날렸던 샤인머스캣의 인기가 최근 시들해지는 것을 보면 유행의 주기가 점차 짧아짐을 느낀다. 유행을 만드는 사람들은 뒤따라올 사태를 책임지지 않는다. 새로운 것이 등장하면 기존에 재배하던 품종은 '다른 것'이 아닌 '올드한 것'이 된다. 유통사에서 인위적으로 과일의 유행을 만드는 행태는 그래서 늘 경계해야 한다. 유행은 변하게 마련이고 피해를 보는 것은 결국 농민이다.

유행은 다양성 또한 말살시킨다. 품종의 다양성은 물론 맛의 다양성까지도 삭제한다. 과일은 다양한 맛을 품고 있다. 단맛, 신맛, 짠맛, 쓴맛 거기에 감칠맛까지. 사과는 신맛과 단맛, 대저 토마토는 신맛과 단맛, 그리고 짠맛까지 느낄 수 있다. '팔삭'처럼 쌉쌀한 쓴맛이 매력적인 과일도 있다.

화학 비료를 쓰지 않는 유기농 감귤에서는 감칠맛이 느껴지기도 한다. 같은 새콤달콤한 과일이지만 감귤과 한라봉의 맛을 다르게 만드는 것은 향이다. 과일이 1퍼센트도 들어가지 않은 과일 주스에서 과일 맛을 느끼는 것은 첨가된 인공 과일 향 때문이다. 향은 맛에 있

작고 단단한 마음,

어 그만큼 중요한 핵심 요소다.

　　그러나 근래 우리는 과일 맛을 이야기할 때 다양한 맛과 향보다는 오직 당도만을 이야기한다. 과일을 평가하는 기준 역시 당도에 매몰되어 있다. '당도 보장', '꿀수박', '꿀참외' 등 맛있다는 의미로 과일을 홍보하는 문구는 항상 당도만을 강조하는 방식이다.

　　나 역시 아무런 밑천도 없던 장사 초년생 때 '귤'을 '꿀'로 홍보하며 판매한 어두운 과거가 있으니 입이 열 개라도 할 말은 없지만 '꿀'이 맛있는 과일을 칭하는 국민 접두사가 된 것은 많이 아쉽다. 사람들이 좋아하는 꿀사과도 그렇다. 사실 사과 속에 박혀 있는 꿀이라 부르는 것의 정확한 명칭은 '밀'이다. 사과 재배 시에 발생하는 일종의 생리 장해 현상이다. 과당이 퍼지지 못하고 덩어리가 된 밀병蜜病, water core, glassiness이라고 하는 증상인데, 사람들은 밀병이 있는 사과를 더 달다고 착각하고 좋아하기 시작했다.

　　그런데 밀은 사과의 저장성을 떨어뜨려 사과 재배 농민 입장에서는 피하고 싶은 증상이다. 누군가는 이를 꿀사과로 마케팅하며 프리미엄 사과를 만들었다. 전화위복이라고 해서는 안 될, 당도에 매몰된 왜곡된 시장이 만들어낸 기현상이다. 과일 당도를 높이기 위해 사과를 재배하는 농민은 반사 필름을 깔고, 감귤 재배 농민은 미국 듀폰사에서 개발한 타이벡 천을 깔기도 한다. 당도 매몰주의는 불필요한 쓰레기까지 만들어 환경 파괴로 이어진다.

소비자의 입맛이 변화하는 것을 내 힘으로 막을 도리는 없다. 자연스런 시대의 흐름이다. 그러나 하나는 분명하다. 우리가 홍옥을 잃은 것처럼 당도 높은 과일만 좇거나 유행만 따라가면 지금 우리가 먹고 있는 과일 품종의 상당수는 우리의 의지와 관계없이 보이지 않는 손에 의해 시장에서 사라질 것이다.

새로운 품종이 계속 나오겠지만 늘어나는 숫자가 질적인 향상을 의미하는 것은 아니다. 더 중요한 것은 과일에서 느낄 수 있는 맛의 스펙트럼이 점점 좁아진다는 점이다. 결국 특정 범위에 존재하는 고유한 맛의 영역을 평생 잃게 될지도 모른다. 너무 슬픈 일이 아닌가? 사람들의 당 섭취량이 증가함은 물론이다. 영양학적 측면에서도 심각하게 고려해야 할 부분이다.

작고 단단한 마음,

다양성이 제대로 존중받지 못하는 획일적인 대한민국 사회의 모습은 이처럼 과일 시장에서도 드러난다. 과일가게를 하면서 느끼는 우리나라 과일 시장의 가장 아쉬운 점은 역시 단일 품종의 시장 지배 현상이다. 딸기는 '설향', 사과는 후지가 대표적이다.

　　유럽의 과일가게에서 판매하는 수십 가지 품종의 과일을 보면 그저 부러울 따름이다. 물론 기후가 완전히 다른 유럽과 우리나라를 단순 비교하는 것은 어렵다. 그러나 다양성 부족은 단순히 기후의 문제가 아닌 사회와 문화의 영향도 크다. 내가 처음 장사를 시작할 때만 해도 국내에는 과일을 품종별로 판매하는 문화가 없었다. 고유한 맛과 향을 지닌 개별 주체들이 동일한 이름으로 불리는 것이 납득 가지 않았다. 천도복숭아라고 뭉뚱그려 통칭하던 것에 '서광', '천홍', '판타지아' 등 제 이름표를 달아주었다.

　　품종별로 과일을 판매하자 소비자는 자신이 좋아하는 과일의 취향을 발견했고, 취향대로 선택할 수 있었다. 일단 다양해야 선택의 기회도 있는 것이다. 토종 씨앗을 지킨다거나 종의 다양성을 지킨다는 거창한 슬로건을 내걸 것까지도 없다. 모든 사람들이 '달디단 밤

양갱'을 좋아하는 것은 아니다. 카페에서 커피를 주문할 때도 묵직한 원두와 산미가 있는 원두 중에 선택할 수 있는 시대에 우리는 살고 있지 않은가. 트위터에 공씨아 저씨네가 산미 추구 과일가게로 입에 오르내리는 것은 다양한 취향을 가진 소비자의 존재에 대한 강력한 증거 다. 그러나 과일 시장에서의 맛의 선택권은 어째 점점 실종되고 있다.

단지 맛의 영역에서만 다양성이 사라지는 것은 아니다. 크기와 모양의 영역에서도 획일화되어가는 시 대다. 크고 예쁜 과일이 좋은 가격을 받던 시대에서 이 제는 '똑같은 크기'의 예쁜 과일이 대집받는 시대로 변 화하고 있다. 딸기의 경우 일명 '줄 세우기'라고 부르는 데 똑같은 크기의 딸기가 줄 맞춰서 나란히 있어야 소 비자들이 좋아한다는 명분이다.

배송의 안전성 문제 때문에 딸기를 택배로 판매 하기 어려웠던 시절도 있었지만 지금은 딸기 난좌의 보 급이 일반화되어 딸기 택배 판매가 흔하다. 그런데 난좌 포장은 기본적으로 크기 선별을 전제로 하기에 한 상자 안에 동일한 크기의 딸기를 담을 수밖에 없다. 우리는

작고 단단한 마음,

비슷한 크기의 딸기를 먹는 것에 점점 익숙해지고 길들여질 것이다. 24구 한 상자에 24만 원을 받는다고 화제가 되었던 일본의 노구치 농민의 딸기는 공장에서 찍어낸 것처럼 크기가 기가 막히게 일정하다. 일본 과일 시장 특유의 독특한 문화인데, 부디 국내에는 전파되지 않기를 바랄 뿐이다.

비단 딸기뿐만이 아니다. 유통에서는 속칭 '로얄과'라 부르는 크기의 과일만을 모아 프리미엄 상품을 만든다. 딸기와 방울토마토 같은 쪼그만 과일까지 크기 선별을 통해 등급이 나눠지고 있다는 사실에 과일장수 초창기에 적잖이 충격을 받기도 했다. 심지어 무농약, 유기농 인증의 친환경 농산물에까지 갈수록 동일한 잣대가 매겨지고 있으니 그냥 넘어갈 문제가 아니다. 이런 방식은 농산물을 공산품화 시켜 농업의 본질적 가치를 훼손시킨다.

토마토 한 줄기에서 100개의 열매가 열린다고 가정하자. 100개의 크기가 다 같을 수는 없다. 결코 말이다. 설사 과일을 일정한 크기로 균일하게 재배하는 것이 기술적으로 가능해진다고 하더라도 그러지 않았으면 한다. 왜 일정한 크기의 과일을 먹어야 하는지 먼저 질문을 던지고 싶다. 자연에서 자라는 과일들은 다양한 크기로 나오는 게 당연할 것인데 우리는 왜 그토록 자연스러움을 거스를까? 다름을 인정하고 받아들이는 문화가 아직도 우리 일상에서 실천되고 있지 않기 때문은 아닐까?

기준 안에 들어가지 못한 과일은 여전히 이 땅에서 루저다. 신맛은 다양한 맛 중에 하나이고, 크기는 개성일 뿐이다. 맛도 다양하고 크기도 다양한 것이 정상이다. 제각각인 크기와 다양한 맛을 지닌 수많은 과일의 존재가 온전하게 인정받는 일상의 민주주의를 바란다. 그것이 정상적인 사회다.

작고 단단한 마음,

김태리의 토마토

제철 과일의 현주소

영화 《리틀 포레스트》(2018) 한국판은 농업인의 시각에서는 판타지에 가깝다는 비판도 있지만 농사 현장이 영화에 등장하는 것만으로도 마냥 좋았다. 가장 인상적인 장면은 혜원(김태리 분)과 혜원의 엄마(문소리 분)가 무더운 여름날 나무 밑 평상에서 함께 토마토를 먹는 장면이었다. 토마토 신scene은 원작인 일본판에도 등장하고 한국판에서도 거의 그대로 옮겨왔지만, 한국판의 느낌은 원작과 사뭇 달랐다. 장면에서 느껴지는 계절 감으로는 시원한 수박이 생각나는 한여름 무더운 날씨 였지만 엄마와 딸이 평상에 앉아 먹고 있는 건 밭에서 갓 수확한 미지근한 완숙 토마토였다. 너무 맛있게 먹어 서인지 토마토가 수박보다 더 시원해 보였다. 여름을 상 징하는 제철 과일을 수박으로 대체하지 않고 원작의 노 지 재배 토마토를 그대로 등장시켜 참 잘했다 싶었다. '제철'이라는 두 글자를 이 한 장면에 모두 담았기 때문 이다.

진짜 맛있는 토마토를 먹어본 경험이 있는가? 대 저 토마토 같이 당도가 높은 특수한 토마토 말고 일반 완숙 토마토 말이다. 토마토를 생과로 안 먹거나 맛있는 과일과는 거리가 멀다고 여기는 사람이 꽤 많다. 식문화 의 변화, 유통의 편의성 때문에 시장에서 마주치는 토마 토는 주로 조리용으로 사용하는 단단한 품종의 맛없는 토마토다. 그래서 잘 터지지만 잘 익은 맛있는 완숙 토 마토를 먹어볼 기회가 없는 것이다.

농촌에서 자란 사람은 어린 시절 밭에서 따서 먹 던 토마토 맛이 그리워 《리틀 포레스트》의 토마토 장면 에 공감이 갔을 것이다. 하지만 그러한 추억의 맛이 없

작고 단단한 마음,

는 젊은 세대에게는 그다지 공감이 가지 않는 장면이다. 노지 재배라는 용어 자체도 생경했을 터다. 토마토 장면을 길게 언급한 이유는 사실 '토마토를 노지에서 재배하는 것은 정말 어렵다'는 것을 말하고 싶어서다.

노지 재배는 하늘이 뚫려 있는 환경에서 땅(흙)에서 짓는 농사라고 이해하면 쉽다. 비닐하우스에서 재배하는 건 땅에서 농사를 지어도 노지 재배라고 하지 않고 시설 재배라고 한다. 기준은 하늘이 뚫려 있느냐에 있다. 온도를 통제할 수 있는지와 비(눈)를 직접적으로 맞는지의 여부가 핵심이다.

우리가 이야기하는 제철의 사전적 정의는 언제나 노지 재배가 기준이다. 그렇다면 우리가 먹는 토마토는 노지에서 재배한 것일까, 아니면 시설 재배를 한 것일까? 답은 100퍼센트 시설 재배다. 우리나라의 기후상 노지 재배 토마토는 7월 이후에 수확하는 것이 정상이다. 7월에서 8월 한여름이 제철이라는 이야기다. 그러나 현재 우리는 토마토를 1년 365일 만날 수 있다. 100퍼센트 시설 재배를 하기 때문이다. 그렇다면 왜 노지 재배 토마토는 없을까?

"토마토는 비에 너무 약하다. 계속해서 비가 내리면 성장점이 갈색으로 변하고 쭈글쭈글해지면서 그대로 시들어버린다. 토마토는 노지 재배가 쉽지 않아 늘 복불복이다. 올해는 불복."

영화 속 혜원의 내레이션처럼 노지 재배 토마토는 복불복이다. 그리고 아쉽게도 대부분 불복이다. 이유는 장마다. 비단 토마토에서만 발생하는 문제는 아니다. 노지에서 재배하는 모든 여름 과일과 채소는 장마 때문에 늘 복불복이다. 복숭아도 대표적인 노지 재배 여름 과일이다. 아주 자주 불복인 여름 과일.

일본판 원작에는 그래서 비가 많이 오는 코모리에서 대부분 토마토를 비닐하우스에서 재배한다는 부연 설명이 있지만 한국판에서 빠진 것은 조금 아쉽다.

토마토를 재배하는 농민 입장에서 생각하면 왜 노지 재배가 없는지 금방 알 수 있다. 내가 농민이라면 '복'일 수도 '불복'일 수도 있는 노지 재배 토마토 농사를 선택하겠는가? 한 해 수익이 0원이면 다행이고, 고스란히 빚이 될 수도 있는 이 위험천만한 도박을 말이다. 개인적으로 먹을 용도로 텃밭에서 키우는 것이 아닌 재배를 통해 수익을 내야 하는 전업농이라면 선뜻 노지 재

작고 단단한 마음,

배 토마토에 도전하지 못한다. 비록 노지에서 재배하는 토마토가 제철이고, 하우스 토마토보다 더 맛있다는 것을 알아도 말이다. 그래서 우리가 먹는 토마토는 모두 시설 재배로 키운다.

거기에 1년 열두 달 토마토를 먹기 위해 화석 연료를 태워가며 비닐하우스에 가온까지 한다. 그렇게 토마토는 1년 내내 먹을 수 있는 과채가 되었다. 농업 환경이 노지 재배에서 시설 재배로 변화하면서 제철의 개념도 함께 변화한다.

이번에는 딸기다. 딸기의 이야기는 시작점이 조금 다르다. 딸기를 판매하다 보면 아직도 이런 질문을 받는다.

"겨울에도 딸기가 나오나요?"

사실 우리가 본격적으로 겨울에 딸기를 먹기 시작한 것은 2000년대에 들어서 국내산 품종이 대중화되면서부터다. 제법 오래되었지만 딸기의 제철을 겨울로 받아들이는 것은 아직도 정서적으로 낯설다. 나 역시 그랬다. 제철 과일 판매를 표방하고 있는 내가 딸기를 판매하기까지 가장 고민이 되었던 이유는 딸기 배송의 문제도 있었지만 딸기의 제철을 겨울로 인정하기가 쉽지 않았기 때문이다. 교과서에 나오는 노지 재배 딸기의 제철은 5월이지만 이제 딸기의 제철은 겨울로 보는 것이 타당하다.

과일의 제철이 변한 이유에는 여러 가지 원인이 있다. 수익의 안정화를 위한 노지 재배에서 시설 재배로의 전환, 수입 과일의 증가, 그리고 다른 계절 과일과 경쟁하기 위한 재배 시기의 변화, 거기에 기후 변화까지 다양하다.

딸기는 모두에 해당된다. 통상 국내에서 재배되는 과일이 별로 없어 관세가 풀리는 3월은 미국산 오렌지가 국내에 본격적으로 쏟아지는 시기였다. (미국산 오렌지는 3월에서 8월 사이에는 관세가 없는 계절 관세 품목이었다. 심지어 규모가 제법 큰 국내 모 업체에서는 3월을 오렌지의 제철이라고까지 홍보한다.) 한미 FTA 체결 당시 35퍼센트였던 미국산 오렌지 관세는 해마다 줄어 2018년 3월 완전히 사라졌다.

딸기는 오렌지가 본격적으로 시장에 풀리기 전인 겨울에 나와야 시장에서 경쟁력을 가질 수 있는 구조가 되었고, 그러기 위해 겨울에 재배할 수 있는 촉성 재배(온실이나 온상 안에 태양열이나 인공열을 가하여 보통 재배에 의한 것보다 속히 거두어들이는 재배법) 품종이 등장하기 시작했다. 우리가 제일 많이 먹는 설향 품종이 대표적이다.

공교롭게도 이제 딸기는 제주 감귤의 경쟁자가 되어버렸다. 그러나 이미 결과는 딸기의 압승이다. 겨울철 감귤의 판매량이 감소하고 있는 데는 이런 시장 변화에도 이유가 있고, 제주 만감류의 수확 시기가 당겨진 데는 미국산 오렌지 관세의 영향도 있었다.

참외는 어떠한가? 내 기억 속에 아직 여름 과일로 남아 있는 참외는 이제 3월이면 만나볼 수 있다. 참외의 제철이 당겨진 것은 참외의 최대 라이벌 수박과의 경쟁에서 살아남기 위한 불가피한 조치였다고 한다. 참외는 여름 과일의 대명사 수박이 등장하면 시장에서 밀리기 시작한다. 수박을 이길 수 있는 여름 과일은 없다. 그러다 보니 참외는 수박이 나오기 전에 승부를 봐야 했고 생존을 위해 수확 시기를 앞당긴 것이다. 잦은 늦추위 탓에 3월은 봄이라기보다는 겨울로 불러야 맞는 게 아닌가 싶지만, 이제 참외의 제철은 봄으로 보는 것이 맞다.

그리고 3월과 4월의 참외가 제일 맛있다. 딸기는 12월 딸기가 제일 맛있고. 이러한 속도 경쟁은 모든 과일에 서로 영향을 준다. 수박도 이제 5월이면 시장에 나온다.

뭔가 뒤죽박죽 단단히 꼬여버린 기분이다. 어린 시절 기억하는 과일의 제철과 지금의 제철은 완전히 변했다. 겨울에 먹는 딸기에는 조금 적응이 됐지만 3월에 먹는 참외는 솔직히 낯설다. 어색해도 인정하고 받아들일 수밖에 없는 일이다. 더 이상 좋고 나쁨을 논하거나, 선택이 가능한 문제가 아니다. 농민은 농사를 통해서 소득을 창출하여 생계를 유지해야 하며 그래야 농업을 지속적으로 이어갈 수 있다. 동시에 농민은 수입 농산물과의 경쟁에서도 살아남아야 하는 운명에 처해 있다.

'난 봄에 나는 딸기만 먹겠다' 하며 겨울 딸기는 가짜고, 봄 딸기만 진짜라고 말하는 사람들을 아직도 종종 만난다. 나 역시 봄 딸기, 여름 참외가 그립다. 제철 과일만 팔겠다고 고집을 부리던 내가 왜 안 해 봤겠는가. 농민을 어렵게 설득해서 여름 참외에 도전해본 적도 있고, 노지 재배 토마토를 시도해본 적도 있다. 결과는 '폭망'이었다. 모두 유의미한 수확에 실패했다. 10년 전

작고 단단한 마음,

즈음에 한 출판사로부터 아이들이 볼 수 있는 제철 과
일에 대한 책을 써줄 수 있겠냐는 요청을 받은 적이 있
는데 시기상조라 여겨 거절했다. 지금 생각하면 아찔하
다. 만약 그때 제철의 사전적 정의와 고지식한 기준으로
책을 썼더라면 난 지금쯤 희대의 사기꾼 반열에 올랐을
것이다. 결국 교과서에 나오는 제철의 정의를 바꾸는 수
밖에 없다.

그럼에도 불구하고 포기가 되지 않는다면 방법
은 두 가지다. 제철 과일 먹기를 포기하거나 직접 농사
를 지어보길 바란다. 그 방법 외에는 없다. 지금의 제철
또한 영원불변할 리 없다. 과일의 제철은 계속 변화하는
중이다.

사람과
자연의 공존

친환경 농업에 관하여

2000년대 초반, 웰빙 열풍과 함께 유기농 붐이 일었다. 대형 유통 매장에는 친환경 농산물 매대가 별도로 생겨났고, 관련 서적도 쏟아져 나왔다. 친환경 농산물 시장이 본격적으로 커지기 시작한 시점도 이때다. 유기농은 비싸지만 건강한 농산물이기 때문에, 특히 영유아에게 꼭 유기농 농산물을 먹여야 한다는 인식이 그 시절 젊은 부부들 사이에 퍼졌고, 심지어 유기농을 하나

작고 단단한 마음,

의 종교처럼 받들며 무조건 유기농 농산물을 먹어야 한다고 주장하는 소비자도 생겼다.

　　동시에 반감을 가지는 이들의 목소리도 흘러나왔다. 우리나라 유기농은 전부 사기라고 주장하거나, 요즘 쓰는 농약은 저독성이라 안전하다고 이야기하는 이들도 있다. 100퍼센트 사실도, 100퍼센트 거짓도 아니다. 자신의 신념과 이해관계에 따라 표명하는 입장이 다를 뿐이다. 나 역시 무엇이 옳고 틀리다고 단정 지어 말할 수 없는 민감한 주제다. 하지만 과일장수를 하며 직접 농업 현장에서 보고 느끼고 경험한 친환경 농업에 대해 한번 이야기해보려 한다.

　　많은 사람들이 유기농하면 막연히 '좋은 것' 정도로만 인식한다. 그래서 우선 정의와 개념을 명확하게 짚고 갈 필요가 있다. 국립농산물품질관리원의 '친환경 농축산물'에 관한 설명을 그대로 옮기면 다음과 같다.

　　'친환경 농축산물은 생물의 다양성을 증진하고, 토양에서의 생물적 순환과 활동을 촉진하며, 농업 생태계를 건강하게 보전하기 위하여 합성 농약, 화학 비료, 항생제 및 항균제 등 화학 자재를 사용하지 아니하거나

사용을 최소화한 건강한 환경에서 생산한 농축산물.'

　　그리고 이 정의를 바탕으로 제도화한 것이 '친환경농축산물 인증제도'다. 농산물로 한정하면, 친환경 인증 농산물은 두 종류로 나뉜다. '유기 농산물'과 '무농약 농산물'이다. 우리가 보통 '유기농'이라 칭하는 것이 유기 농산물이고, '친환경 농산물'이라 통칭하는 것은 유기 농산물과 무농약 농산물 모두를 포함하는 개념이다.

　　'유기 농산물'은 '농업 생태계를 건강하게 유지·보전하고 환경 오염을 최소화하는 경작 원칙을 적용하여 합성 농약과 화학 비료를 사용하지 않고, 작물 돌려짓기(윤작) 등 유기 재배 방법에 따라 생산한 농산물'로 정의하고, '무농약 농산물'은 '농업 생태계를 건강하게 유지·보전하고 환경 오염을 최소화하는 경작 원칙을 적용하여 합성 농약을 사용하지 않고, 권장 성분량의 1/3 이하로 화학 비료 사용을 최소화하는 등 무농약 재배 방법에 따라 생산한 농산물'로 정의한다.

　　합성 농약을 사용하지 않는 것은 동일하나 유기 농산물은 화학 비료도 사용할 수 없지만 무농약 농산물은 권장 성분량의 1/3까지는 허용된다는 점이 다르다.

　　　　　　　　작고 단단한 마음,

2014년에 가수 이효리가 제주도로 내려가 직접 재배한 콩에 '유기농' 수식어를 달고 장터에서 판매한 것이 문제가 된 일이 있었다. '유기농'이라는 세 글자 때문이었다. 간단히 정리하면 친환경 농산물 인증을 거치지 않은 농산물은 '유기농'이라고 표현해서는 안 된다. 위반 시 3년 이하의 징역 또는 3,000만 원 이하의 벌금에 처해진다. 무농약도 마찬가지다. 실제로 농약을 사용하지 않고 재배를 했더라도 인증받지 않았다면 그리 표현하는 것은 불법이다. 굉장히 조심스럽게 써야 할 단어다. 사실 농업계에 있는 사람들이 아니고서야 모르는 게 당연하다. 일상에서 흔히들 이런 말을 하지 않나.

"우리 엄마가 텃밭에서 농약 안 주고 키운 거야. 유기농이야, 유기농."

과거에는 '친환경농산물 인증제도' 안에 '저농약 인증'도 있었지만 2016년 1월 1일자로 폐지되었다. 농업인들의 반대와 우려를 무릅쓰고 정부에서는 저농약 인증 폐지가 오히려 무농약, 유기농 인증을 활성화할 것이라는 확신을 가지고 강행했다. 지금까지의 결과로 놓고 보면 저농약 인증제도 폐지는 완벽한 실패다. 이후 친환경 농산물 시장은 급속도로 축소되었다.

참고로 저농약 인증이 폐지되고 등장한 GAP(농산물우수관리) 인증은 친환경 인증과는 무관하다. 실제로 많은 소비자들이 GAP 인증 농산물을 친환경 농산물로 오해한다. 동일한 디자인에 글씨만 다른, 초록색 인증 마크를 사용하니 똑같은 것이라고 여기거나 때론 더 좋은 것으로 인식될 수밖에 없다. 심지어 농민이나 유통인이 의도적으로 소비자로 하여금 친환경 농산물과 혼동하도록 냄새를 풍기기도 한다. 하지만 정확히 말하면 GAP 표시는 농산물우수관리 인증을 받았다는 것을 의미하며 합성 농약과 화학 비료 사용이 허용된다. 엄격한 관리 기준을 통과한 경우만 받을 수 있긴 하다.

사실 무농약 인증은 유기농 인증이라는 최종 목적지로 가는 힘든 여정에 쉬었다 가는 곳 개념으로 난이도를 조금 낮춰 만든 중단 단계의 인증 제도다. 그런데 막상 친환경 농업 현장의 실상을 들여다보면 유기농 인증으로 발전하지 않고 무농약 인증에서 멈추는 농가들이 상당수다. 그들의 노력이 부족해서가 아니다. 유통 시장에서 유기농과 무농약의 가격 차이가 크지 않거나 아예 없기 때문이다. 앞서 두 농산물의 차이를 가르는

작고 단단한 마음,

게 화학 비료의 사용 여부라고 이야기한 바 있다. 화학 비료는 농산물의 크기에 큰 영향을 미친다. 이는 수확량 즉, 소득과 직결되는 부분이다. 쓰나, 안 쓰나 시장에서 동일한 대우를 받는다면 지금의 제도 아래에서는 농민들이 유기농을 선택할 이유가 없다.

우리가 잊지 말아야 할 것은 친환경 농업은 생물 다양성을 증진하고, 생태계를 건강하게 유지시키는 것이 핵심이라는 점이다. 친환경 농산물의 정의, 그 어디에도 소비자 관련 내용은 없다. 제도의 출발점 자체가 생태와 환경에 있다. 하지만 소비자들은 주로 농약 사용 유무에만 관심을 갖기 때문에 원래 제도의 목적과 취지와는 다른 방식으로 유기농을 소비한다. 우리 회원 중에도 아이에게 건강한 농산물을 먹이고 싶어 유기농 과일을 찾는 사람이 꽤 많다. 그런데 '안전'과 '건강'이라는 키워드만 존재하지, 그곳에 '생태'와 '환경'은 빠져 있다.
그들의 소비가 잘못되었다고 말하는 것이 아니다. 틀린 이야기는 없다. 그런데 뭔가 아쉽다. 유기농이 안전하고 건강을 위한 것임에는 분명하지만 오직 거기에만 함몰되면 반쪽짜리 유기농이다. 아이에게 정말 중요한 것은 유기농의 정확한 의미와 가치를 이해하는 것이라 생각한다. 그러기 위해서는 학교 급식의 친환경 농산물 비중 확대(100퍼센트에 가까운)와 가정에서는 부모가 친환경 농산물을 소비하는 모습을 자연스럽게 보여주는 것이 필요하다. 아이에게는 유기농 재료로 정성껏 음식을 해주지만 정작 부모는 일반 농산물을 먹거나 심지어 패스트푸드로 끼니를 때우는 것은 모순이다. 부모가 건강해야 아이도 건강한 법이다.

웰빙을 위해서만 유기농을 소비하는 우리나라만의 특수한 유기농 소비 문화가 어딘가 기이하다. 아울러 소비자의 건강만 강조하는 건 좀 서운하다. 농업의 현장에 있는 농민의 건강도 중요하다. 농약의 가장 큰 피해는 소비자가 아닌 농민이 겪고 있다는 사실을 우리는 생각하거나 고려하지 못한다.

현실적으로 가격이 부담스러워 유기농을 먹기 어렵다고 하는 사람들이 있다. 특히 청소년을 키우는 가정의 부모는 더하다. 왕성한 식욕이 있을 나이에 모든 것을 유기농으로 먹인다면 가계에 구멍이 나고 말 것이라는 말에는 반론의 여지가 없다. 유기농 소비의 가장

작고 단단한 마음,

큰 걸림돌은 높은 가격이다. 유기농은 재배 방법상 일반 관행 재배 농산물보다 수확량이 적을 수밖에 없으니 가격이 상대적으로 높다.

일부 친환경 농민들과 먹거리 운동 활동가들은 덜 먹는 대신 좋은 것을 먹는 것이 건강에 이득이라는 논리로 소비자를 설득해보기도 한다. 과식이 불러온 현대인의 건강 문제를 보면 틀린 말은 아니다. 하지만 성장기 청소년을 둔 학부모를 설득하기에는 역부족이다. 그런 이유 때문에라도 친환경 학교 급식의 비중을 높여 국가 차원에서 학생에게 친환경 농산물로 조리한 음식을 먹이는 일에 더욱 힘을 쏟아야 한다.

유럽의 여러 나라들처럼 유기 농산물을 일반 재배 농산물과 같은 가격에 시장에 유통시키고, 그 차액을 국가가 농민에게 보전하는 방식의 제도가 뒷받침되지 않는 이상 가격의 부담은 온전히 소비자의 몫으로 돌아간다. 유기농 과일이 부자만 먹는 과일이라는 오명을 쓰는 것도 충분히 이해가 된다.

친환경 과일의 대중화를 위해 이익을 줄이고 소비자 가격을 낮추는 노력을 해온 유통사들도 있다. 생협이 지속해온 노력도 상당하다. 유통 환경과 정책을 만들기 위해 노력해온 사람들, 친환경 학교 급식을 개척한 선구자들의 노력에도 불구하고 친환경 농산물의 대중화는 아직 우리의 현실에서는 아득하기만 하다.

걸림돌이 하나 더 있다. 무농약은 화학 비료를 일반 재배 농산물처럼 마음껏 쓸 수 없고 유기농은 아예 쓸 수 없으니 농산물 크기가 상대적으로 작다. 거기에 합성 농약은 일절 쓸 수 없으니 병충해 피해에 취약해 과일의 외형이 지저분한 것이 기본 값이다. 농산물의 외모 지상주의가 팽배한 우리나라에서 친환경 농산물이 겪고 있는 또 하나의 장벽이다. 국가의 지원을 받아 일반 재배 농산물과 유기농이 같은 가격에 판매된다 해도 소비자들이 유기농을 선택할지 물음표다.

심지어 우리나라에서는 유기농보다 GAP 인증 농산물 가격이 더 높은 경우도 흔하다. 친환경 농업인들의 맥을 풀리게 하는 대목이다. 우리나라 농업 정책의 방향성이 무엇에 가치를 두고 있는지 명확하게 보인다.

판로를 잃은 유기 농산물이 일반 농산물 시장으로 흘러 들어오는 경우가 간혹 있다. 친환경 농산물을 전문적으로 취급하지 않은 일반 마트에는 유기농 품목

작고 단단한 마음,

코드가 따로 없기 때문에 일반 재배 농산물로 판매된다. 일반 시장에서 유기농 인증은 무용지물이다. 오히려 마이너스 요소가 된다.

방울토마토를 예로 들면 유기농 방울토마토가 일반 방울토마토와 가격 경쟁력에서 살아남는 방법은 하나다. 크기(무게)에서 앞서야 한다. 맛은 중요하지 않다. 그러나 화학 비료를 쓸 수 없는 유기농 방울토마토는 일반 방울토마토보다 당연히 작다. 결국 유기농 인증 농산물들이 소비될 수 있는 안정적인 판매망이 구축되지 않으면 일반 재배 농산물보다도 못한 대우를 받는 게 현재의 시장 구조다.

현대 자본주의 농업의 목적은 '증량'과 '증수'로 요약된다. 농사의 목적이 크게, 많이 키우는 것이라면 물을 많이 주고 합성 농약과 화학 비료를 (과다) 투입할 수밖에 없다. 농업 현장의 일반적인 모습이다. 이런 농업 방식에서 가장 문제가 되는 것은 질소, 그리고 기후 위기 시대에 주목받고 있는 탄소에 있다. 소득 증대를 위해서는 시장의 기준에 맞춰 크기를 키우고 재배 기간을 단축할 수밖에 없기에 현장의 농민들은 질소 비료의 유혹을 견디기 어렵다고 입을 모아 이야기한다. 농민들이 화학 비료를 쓰고 싶어서 쓰는 게 아니라는 이야기다. 그렇게 키워야만 값을 잘 받을 수 있으니 어쩔 수 없는 것이다.

화학 비료를 생산하는 데는 탄소를 다량으로 배출시키는 화석 연료가 사용된다. '농업'과 '농촌'이 주는 이미지는 굉장히 환경친화적일 것 같지만 화석 연료 사용에 의존하는 현대 농업은 기후 위기의 주요 원인으로 지목받기도 한다. 그래서 기후 위기 시대 탄소 중립을 실현하는 해결책으로 유기 농업이 회자되기도 한다. 거듭 반복하여 말하지만 유기 농업의 본질은 "농업 생태계를 건강하게 유지하고 보전하여 환경 오염을 최소화"하는 데 있다.

친환경 농업을 포기하고 일반 농업으로 전환하는 농가를 현장에서 어렵지 않게 만난다. 공씨아저씨네 협력 농가 중에도 있다. 경험도, 지식도 부족했던 장사 초기에는 그들이 철학이 부족하고 끈기가 없어서 친환경 농업을 쉽게 포기한다고 생각했다. 이를테면 변절자의 느낌으로 그들을 바라봤다. 그러나 현장에서 유기농 사과를 재배하겠다고 농업 소득 0원인 채로 8년을 헌신

작고 단단한 마음,

한 농민을 직접 만나고 친환경 농산물이 시장에서 유통되고 대우받는 실상을 보니 그건 나의 지독한 시건방이었음을 깨달았다. 친환경 농업을 하는 농민들 중에는 농업만으로는 생계를 이어갈 수 없어 농번기에만 농사일을 하고 농한기에는 단기 취업을 하는 경우도 비일비재다. 농사만 지어서는 먹고살 수 없기 때문이다.

아무리 열심히 노력해도 밥벌이를 보장할 수 없다. 사명감과 신념을 논하기 이전에 밥은 먹고살 수 있는 것이 먼저다. 지금은 친환경 농업을 이어가는 농민들을 보면 한없이 존경스러운 마음뿐이다. 생활고를 견디다 못해 극단적인 선택을 하는 안타까운 소식을 접하기도 한다. 그럴 때면 마음이 끝도 없이 내려앉는다.

공씨아저씨네 판매 과일은 친환경 인증 과일을 우선순위에 둔다. 그러나 친환경 농산물의 비율은 전체 농산물 시장에서 5퍼센트도 채 되지 않는다. 그렇기에 자체 기준을 만들어 제초제를 사용하지 않고, 화학 비료를 사용하지 않으며 최소한의 방제로 농업을 이어나가는 일반 재배 농가들의 과일도 감사한 마음으로 판매한다. 기후 위기가 극단으로 치닫고 있는 이 시점에 친환경 농산물이냐, 아니냐를 따지는 것보다 농업 자체를 지속 가능하게 이어갈 수 있느냐, 없느냐가 더 시급한 문제라고 판단해서다. 국가 정책의 변화와 유통의 뒷받침이 없는 한 친환경 농업이 지속되기 쉽지 않아 보인다.

아울러 벌레들이 기어간 자국이 남아 있는 유기농 감귤을 더럽다며 소비하지 않는 문화와 크기와 모양 위주로 선별해 유통하는 방식도 유기 농업의 성장에 방해 요소다.

'땅을 살리는 것은 곧 사람을 살리는 것이다'라는 흔한 명제를 이제야 오롯이 이해한다. 자연과 인간은 공존해야 한다. 벌레를 먹이로 삼는 새들은 곤충 먹이가 많을 때를 산란일로 맞춘다고 한다. 그러나 식량 생산을 획기적으로 증가시킨다는 녹색혁명의 미명하에 무분별하게 투입된 살충제와 농약 탓에 새들의 먹이가 사라지고 있다. 1960년대만 해도 우리나라에서 흔하게 볼 수 있던 다양한 종의 새들이 자취를 감췄다.

친환경 농업이 사라진다면 생물 다양성은 더욱 빠른 속도로 감소할 것이다. 그리고 최종 피해는 결국 우리의 몫이 될 것임은 자명하다. 국립호남권생물자원관의 박진영 박사는《새의 노래, 새의 눈물》에서 "새는 전

작고 단단한 마음,

세계 어느 지역, 어느 서식지에서든 가장 효과적이고 강력한 환경지표종으로 꼽힌다"고 말한다. 새들이 살 수 없는 곳에서는 결코 인간도 살 수 없다는 학자들의 경고를 잊지 말자.

문학 평론가 황현산의 《밤이 선생이다》 속 짧은 글 한 편으로 이 책을 마무리하고자 한다.

"도시 사람들은 자연을 그리워한다. 그러나 자연보다 더 두려워하는 것도 없다. 도시민들은 늘 '자연산'을 구하지만 벌레 먹은 소채에 손을 내밀지는 않는다. 자연에는 삶과 함께 죽음이 깃들어 있다. 도시민들은 그 죽음을 견디지 못한다. 사람들은 자신들의 거처에서 죽음의 그림자를 철저하게 막아내려 한다. 그러나 죽음을 끌어안지 않는 삶은 없기에, 죽음을 막다 보면 결과적으로 삶까지도 막아버린다. 죽음을 견디지 못하는 곳에는 죽음만 남는다."

감귤을 열네 번 판매하고 나니 14년의 시간이 훌쩍 가버렸다. 30대 중반이었던 내 나이도 50을 목전에 두고 있다. 공씨아저씨네는 어느덧 15년 차에 접어든다. 함께했던 농민들 중에 네 분이 지금 세상에 없다. 두 분은 작업 중에 사고로 떠나셨고, 두 분은 농업의 고달픔 때문이었는지 스스로 생을 마감하셨다. 지난 세월 동안 내가 본 농업의 현장은 이전에 상상하던 낭만적인 풍경과는 전혀 달랐다. 아름다워 보이기만 했던 과수원에는 늘 사고의 위험이 도사리고 있고, 자연과 함께하는 철학자일 것 같은 농민들의 삶은 고달프기만 했다.

과일장사 3년에서 4년 차에 출간 제의를 두 번 받은 적이 있는데 모두 거절했다. 무슨 일이든 최소 10년은 해야 자기 분야에서 목소리를 낼 수 있는 자격 같은 게 부여된다는 나만의 강박 같은 거였다. 인생은 삼세 번이라고 했던가? 수오서재로부터 받은 세 번째 제의는 거절하지 않았다. 이제는 자격을 갖췄다고 생각해서는

작고 단단한 마음,

아니다. 때마침 읽은 이성복 시인의 《무한화서》 속 한 문장이 내게는 책을 써도 된다는 허락처럼 읽혔다.

"신기한 것들에 한눈팔지 말고, 당연한 것들에 질문을 던지세요."

마치 판사가 내리는 판결문 같은 저 문장처럼 그렇게 살아왔다. '농산물 시장의 외모 지상주의', '포장 쓰레기', '사라진 제철 과일', '소멸하는 농업'과 '보이지 않는 농민'을 이야기했다.

"분명 하나쯤은 뚫고 나온다. 다음 한 발이 절벽일지 모른다는 공포 속에서도 제 스스로도 자신을 어쩌지 못해서 껍데기 밖으로 기어이 한 걸음 내딛고 마는 그런 송곳 같은 인간이"라는 최규석 작가의 《송곳》 대사처럼 절벽에서 떨어지더라도 한 걸음 내딛는 무모한 송곳이 되어보려 했다. 많은 사람이 당연하다고 여기며 살아가는 것들에 의문을 던지고, 또 그 의문에 대해 답을 찾고자 했던 고민과 실천들이 켜켜이 쌓이고 다듬어져 이렇게 한 권의 책이 되었다.

　　많은 것이 바뀌었다. 무엇보다 기후 변화가 가장 크다. 올여름에 먹은 복숭아가 내가 먹은 마지막 복숭아가 될지도 모른다는 마음으로 매해의 여름을 맞이한다. "마지막 아름다운 시절을 기록하고 계시네요. 응원합니다"라는 말을 건네준 이가 있었다. 지금 이 순간이 어쩌면 농업의 역사에서 그나마 낭만이 존재했던 마지막 시절일지 모른다는 생각이 들었다. 소명을 다하는 마음으로 냉정하게 그 시절을 기록했다.

　　그럼에도 혹 송곳 같은 나의 글이 누군가에게 상처가 되진 않을지 자문하고 점검했다. 만약 그러했다면 모두 나의 잘못이다. 짧은 식견이 누군가를 아프게 하지 않았으면 한다. 그러나 이 글에 쓰인 이야기들은 모두에게 필요한 논의점들이라고 확신한다.

　　그저 올곧게만 살아주었으면 하는 마음으로, 소

　　　　　작고 단단한 마음,

나무처럼 푸르른 사람이 되었으면 하는 바람으로, 첫째 아이에게 다올, 둘째 아이에게 다솔이라는 한글 이름을 지어주었다. 사실은 내가 실천하고 싶은 삶의 모습을 아이들의 이름을 부르며 잊지 않으려는 다짐이기도 했다. 덕분에 고비마다 흔들리지 않고 '올솔하게' 살면서 버텼다. 가게 이름 '공씨아저씨네' 앞에 굳이 '상식적인 과일가게'라는 수식어를 달아놓은 것은 아이들이 살아갈 세상은 더 이상 상식을 논하지 않아도 되는 세상이길 바라는 역설이었다.

그런 마음으로 해온 지난 노력들이 얼마나 유의미했는지 잘 모르겠다. 갈수록 고약해지는 날씨를 보면 과일장수를 언제까지 할 수 있을지도 알 수 없지만 마지막 아름다운 시절을 기록하는 마음으로 오늘도 같은 자리에서 과일가게를 지킨다.

작고 단단한 마음 02

공씨아저씨네,
차별 없는 과일가게

1판 1쇄 인쇄	2025년 2월 25일
1판 1쇄 발행	2025년 3월 8일

지은이	공석진

발행처	(주)수오서재
발행인	황은희 장건태
책임편집	최민화
편집	마선영 박세연
마케팅	황혜란 안혜인
디자인	권미리
사진	공석진

제작	제이오
주소	경기도 파주시 돌곶이길 170-2 (10883)
등록	2018년 10월 4일 (제406-2018-000114호)
전화	031 955 9790
팩스	031 946 9796
전자우편	info@suobooks.com
홈페이지	www.suobooks.com
ISBN	979-11-93238-57-8 03810 책값은 뒤표지에 있습니다.